KB072539

가프 현대 판타지 소설

MODERN FANTASTIC STORY

밥도둑

약선요리王

밥도둑 약선요리王 18

가프 현대 판타지 소설

초판 1쇄 찍은 날 § 2020년 6월 10일
초판 1쇄 펴낸 날 § 2020년 6월 17일

지은이 § 가프
펴낸이 § 서경석

총괄팀장 § 노종아
편집책임 § 신나라

펴낸곳 § 도서출판 청어람
등록번호 § 제387-1999-000006호
등록일자 § 1999. 5. 31
어람번호 § 제1-3056호

주소 § 경기도 부천시 부일로 483번길 40 서경B/D 3F (우) 14640
전화 § 032-656-4452 팩스 § 032-656-4453
http://www.chungeoram.com
E-mail § chungeorambook@daum.net

ISBN 979-11-04-92199-5 04810
ISBN 979-11-04-91945-9 (세트)

가프 현대 판타지 소설
MODERN FANTASTIC STORY

밥도둑 약선요리王

18

왕

도서출판 청람

밥도둑

약선
요리
王 왕

목차

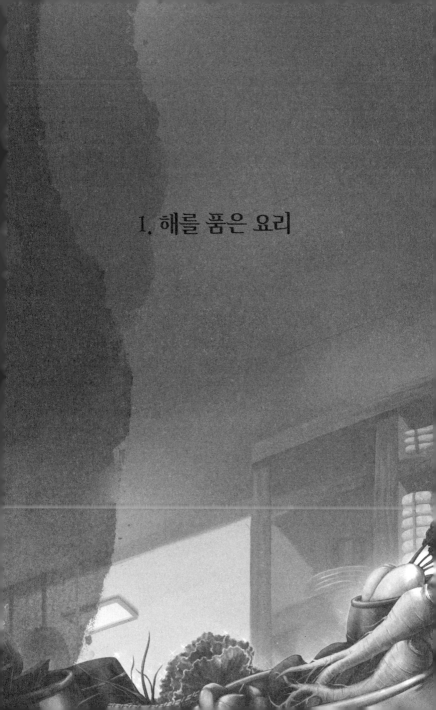

1. 해를 품은 요리

짝짝짝!

주방으로 통하는 통로서부터 박수를 받으며 입장했다. 박수 치는 사람들은 머큐리 재단의 직원들이다. 클랜튼에게서 병원 소식을 전해 들은 모양이었다.

짝짝짝!

주방에 있던 종규와 재희도 박수를 보내왔다.

"너희까지 뭐냐?"

민규가 웃었다.

"혼자만 영웅 된 우리 형을 위한 빈정이야."

종규가 조크로 응수.

"여유 있네? 조크도 다 날리고……."

"형 동생이잖아?"

"식재료는?"

"당연히 대령 끝났지."

"그럼 이제 편안하게 시작해 볼까?"

"상황 종료?"

"뭐 이제부터 시작이라고 봐야지?"

"좋지."

"그럼 대령숙수, 위치로!"

"위치로!"

복창을 하던 종규가 그대로 동작을 멈췄다.

"뭐야? 안 움직여?"

"그게……."

종규의 시선이 문으로 향했다. 거기 클랜튼과 함께 거물 머큐리가 들어서고 있었다.

"이 셰프님."

은발의 그가 온화한 미소를 머금고 다가왔다.

"회장님."

민규와 종규, 재희가 예의를 갖추었다.

"사리타의 비보를 듣고 병원으로 가던 길이었소. 그런데 가는 중에 낭보로 바뀌었다지 뭡니까? 사리타는 지금 안정 중이라 면회가 불가하다기에 셰프에게 들렀습니다."

"클랜튼의 지원 덕분이었습니다."

"무슨 말씀을… 자초지종을 들었습니다. 정말 대단합니다."

"과찬이십니다."

"아니오. 솔직히 단독 만찬을 맡기고서도 괜히 든든하더니 이런 저력까지 있으셨군요. 죽은 사람을 살려내다니… 더구나 전해 들은 말로는 폐에 그득하던 암 덩어리가 거의 다 사라졌다고 하더이다."

"예……."

"그 신묘한 요리, 나도 좀 부탁할 수 있겠습니까?"

"그러자면 죽어야 하는데 괜찮겠습니까?"

민규가 빙긋 웃음으로 답했다.

"허헛, 그게 문제로군요. 절정요리를 맛보자면 죽어야 하고, 그게 아니면 먹을 수 없다니……."

"……."

"내일도 이 복장으로 만찬을 주관하실 겁니까?"

머큐리가 숙수복을 바라보았다.

"마음에 들지 않으십니까?"

"아닙니다. 그냥 묻는 겁니다."

"이 조리복은 한국의 전통을 살려서 디자인한 것입니다. 고려와 조선왕조를 풍미한 대령숙수들의 전통이 녹은 것이니 조금 부족한 면이 있더라도 양해를 바랍니다."

"그런 뜻이 아니라니까. 아무튼 이제 한시름 놓았습니다.

내 초청객에게 불의의 사고가 있어서야 행복한 만찬이 되기 어려운데 그걸 해결해 주셨으니……."

"다 회장님 덕분입니다."

"그럼 수고해요. 바쁘실 테니 긴 시간 빼앗지 못합니다."

머큐리는 격려를 남기고 돌아나갔다.

"우워어, 저분이 머큐리 회장님이야?"

종규가 물었다.

"그래. 또 쫄았냐?"

"쫄기는……."

"그런데 그 표정은 뭐냐? 로봇처럼 굳어가지고는……."

"오빠, 설마 지린 건 아니지?"

옆에 있던 재희가 조크를 보탰다.

"뭐? 지려? 야, 너 진짜……."

"아니면 말고."

"자자, 시작하자. 이제 진짜 시간이 없다. 위치로!"

"위치로!"

민규와 종규, 재희가 자리를 잡았다. 오곡이 나오고 적토미와 녹미, 황량미가 나왔다. 해초와 콩에 석류알 등도 나왔다. 해초와 콩은 '스테이크'의 식재료였다. 콩으로 만드는 스테이크는 새로울 것도 없다. 민규는 여기에 해초 일부를 매칭시켜 쫄깃한 식감을 살릴 생각이었다.

해초로 쫄깃함을?

가능하다. 해초는 생각보다 질기다. 그래서 소화가 잘 안되는 식품에 속한다. 동시에 두부와 기막힌 궁합이 될 수 있다. 만능 영양소를 지닌 두부에 꼭 하나 부족한 것. 바로 비타민C다. 해초에는 그게 있었다. 더구나 쫄깃쫄깃한 식감을 잘 이용하면 고기 씹는 맛 이상을 기대할 수도 있다. 서양 잔치에 고기가 빠져서는 헐렁할 일이었다.

"타락을 먹은 후에는 식초와 신맛을 멀리하고……"

마름을 손질하던 종규가 옛날 요리서에 나오는 내용을 흥얼거렸다.

"마늘과 부추는 꿀과 같이 먹지 말고……"

재희가 뒤의 소절을 잇는다.

"감은 술과 함께 먹지 말고……"

민규도 동참한다.

잉어와 팥죽을 함께 먹지 말고… 소주와 복숭아를 함께 먹지 말고… 뜨거운 고깃국을 먹고 바로 냉수를 먹지 말고…….

노래가 요리 소리와 함께 어우러지기 시작했다. 초빛 군단의 출정가는 점점 리듬을 타기 시작했다. 동시에 주방에는 담백하고 푸근한 냄새 분자의 파도가 퍼져 나갔다. 캐나다 전체를 덮어버릴 기세였다.

"접시 점검 완료!"

"물컵 점검 완료!"

"소스 완료!"

"연잎, 산삼잎 준비 완료!"

종규와 재희가 번갈아가며 결의를 불태웠다. 주방 세팅은 끝났다. 이제 시간에 맞춰 요리에 돌입하면 될 일이었다. 마지막으로 민규가 손을 내밀었다. 재희가 건네준 건 작은 수련 꽃망울이었다. 정화수에 담근 꽃망울은 한없이 촉촉해 보였다. 줄기를 사면으로 잘라 소스 위에 올려놓았다.

5분.

민규가 타이머를 작동시켰다. 시간이 가까워지자 종규와 재희 시선이 수련으로 쏠렸다.

5분, 그리고 2초. 소스 위에 올려둔 수련이 개화를 시작했다.

"2초 오버지만 오차 범위예요."

재희가 소리쳤다.

"좋아. 그럼 이제 간단하게 배 좀 채우고 본게임에 돌입할까?"

민규가 말했다.

"좋아요."

재희의 목소리는 여전히 낭랑했다. 종규도 재희도 피로를 잊은 것이다. 어째서 그렇지 않을까? 미국의 대통령까지 참석하는 새해 만찬이었다. 어디 그뿐일까? 민규네가 모르는 저명인사와 부호들은 또 얼마나 많을까?

"먹자!"

민규가 차린 건 궁중떡국이었다. 제대로 격식을 차리지는 못했지만 황백지단과 김가루, 방금 갈아낸 후춧가루와 깨소금, 실고추까지 제대로 올라가 있었다.

"앗, 웬 떡국?"

종규가 바짝 다가앉았다.

"새해 첫 식사 아니냐? 첫날부터 라면 같은 걸로 위장을 슬프게 할 필요는 없지."

"그러고 보니 진짜 새해 첫 식사네."

종규가 시계를 보며 말했다. 자정은 벌써 사뿐히 넘어가고 있었다.

"먹자, 다 먹고살자고 하는 일인데."

"고마워요, 셰프님. 떡국은 생각도 못 했는데……."

재희가 콧등을 붉혔다.

"됐고, 다 함께 Happy New Year다."

민규가 떡국 뜬 숟가락을 들었다.

"해피 뉴 이어! 셰프님, 새해 복 많이 받으세요."

"형, 복 왕창, 대박, 따따따블로 받아."

재희와 종규도 떡국 숟가락을 가볍게 부딪쳐 왔다.

"너희도 새해엔 복 많이 받아라. 건강하고."

민규가 화답을 했다.

새해.

민규에게는 아주 특별한, 그 아침의 여명이 씩씩하게 밝아왔다.

첫새벽.

CN타워 스카이포드 전망대는 활기를 띠기 시작했다.

VVIP들이 차량이 속속 도착하기 시작한 것이다. 차량들 또한 각양각색이었다. 최고급 세단이 오는가 하면 앙증맞은 스포츠카도 왔고, 개성만땅으로 개조된 차량도 있었다. 그 쟁쟁한 차량 사이에 택시 한 대가 멈췄다. 거기서 내린 사람은 김순애와 장영순이었다.

"여기네요."

김순애가 고개를 들었다. 까마득히 높은 타워가 보였다.

"우리 셰프님 고생하고 계시겠네."

장영순도 고개를 빼 들었다.

"아무튼 대단하죠? 우리 이민규 셰프님."

"그러게요. 아직 서른도 전인데……."

"나는 저 나이에 엄마 품에서 칭얼거리고 있었어요. 용돈이나 몇 푼 더 얻을까 하고……."

"정말요? 제가 볼 때는 돈독이 올라서 장안을 휩쓸고 있었을 거 같은데……."

"아유, 그런 말 마세요. 장 여사님도 아시겠지만 돈이라는 게 운 따라 오는 거지 애쓴다고 붙는 거 아니거든요."

"그건 공감해요."

"일단 들어가죠?"

"그래요. 초청장 잘 가져왔죠?"

"당연하죠. 이거 없으면 여기 올 이유가 없는데……."

"그럼 이 셰프님 물고 늘어져야죠 뭐."

"하긴 그렇네요. 여권을 탁 뺏어서 감춰 버리면?"

"가요."

장영순이 입구를 가리켰다. 거기서 초청장 확인을 받았다.

"모시겠습니다."

단정한 복장의 안내원이 앞장을 섰다. 둘은 엘리베이터에 올랐다. 안은 비어 있었다. 엘리베이터는 어떤 이유로도 귀빈들을 함께 모시지 않았다. 오직 일행만이 같이 탈 수 있었으니 머큐리 재단의 신념이었다.

지잉!

어둠의 날을 세로로 가르고 날아오른 엘리베이터 문이 열렸다.

"와우!"

한 발 내디딘 김순애와 장영순이 소스라쳤다. 세상이 다 보일 것 같은 조망을 배경으로 펼쳐진 테이블은 그야말로 별천지였다. 그리고… 미리 도착한 귀빈들. 정말이지 지구촌 부호와 저명인사들의 집합처 같았다. 민규의 체면을 생각해 최고의 드레스를 갖춰 입었건만 갑자기 촌스러워지는 기분은 어쩔 수가 없었다. 그러나 그 놀라움은 깜냥도 아니었다. 안내자가 안내석에 초청장을 건네주자 장내 방송이 나왔다. 미국의 방송에서 많이 듣던 우아한 목소리였다.

―지금 도착하신 숙녀 두 분은 오늘 만찬을 주재하실 이민규 셰프께서 특별히 초청한 분으로 한국의 정치, 재계를 주름잡는 유명 인사입니다. 순애 킴, 영순 장 님이 입장하십니다.

짝짝!

박수가 쏟아졌다. 먼저 도착한 사람들의 환대였다. 민규의 초청자들. 귀빈들의 관심은 그래서 각별했다. 호기심으로 가득 찬 동양의 셰프. 그가 초대한 사람은 어떤 인물들일까? 그리하여 더욱 따뜻한 박수로 맞이하는 귀빈들이었다.

"이 자리입니다."

안내원이 지정 테이블을 알려주었다. 거기 영문으로 된 김순애와 장영순의 이름이 있었다. 뒤를 이어 또 다른 사람이 등장했다.

"와아!"

사람들이 기립하기 시작했다.

"어머!"

김순애도 소스라치고 말았다. 대충 보아도 한눈에 들어오는 사람들. 미국 대통령 부부였다.

"미국 대통령 부부십니다. 휴가 중이신데 귀한 시간을 내주셨습니다."

멘트가 나오자 박수가 우레처럼 쏟아졌다. 그다음 귀빈 또

한 보통 격이 아니었다. 유엔사무총장과 국제난민기구 의장의 참석이었다. IOC와 FIFA의 거물도 뒤를 이었다.

미국 대통령 부부와 유엔사무총장이 테이블에 앉았다. 특별한 테이블은 아니었다. 아니, 바꿔 말하면 이 안의 테이블 전체가 특별하기 때문이었다.

"세상에나, 미국 대통령에 유엔사무총장까지……."

김순애가 혀를 내둘렀다.

"이럴 줄 알았으면 우리도 당선자님 모시고 올 걸 그랬네요."

"그러게요."

그 순간 또 다른 사람들이 들어왔다. 이번에는 가면 장식을 쓰고 있었다. 신분을 밝히기 싫은 사람이라면 가면 장식도 무방하다. 그의 신분을 아는 건 주최 측이지만 이런 비밀은 영원한 보안이었다. 그리고… 또 한 번의 박수가 쏟아졌다. 이번에는 중국의 총리 부부였다.

"맙소사!"

김순애가 또 한 번 자지러졌다.

다음은 중동의 대표적 부호들. 나아가 올해 MLB에서 사이영상에 빛나는 괴물 투수가 입장했고, LPGA 메이저 대회에서 한 해 4승을 쓸어 담은 전설의 골퍼도 참가했다. 빌보드차트를 휩쓴 세계적인 가수도 왔고 미국의 억만장자들도 속속 도착을 했다.

"……!"

김순애의 왼편 테이블에 있던 왕세자도 눈이 휘둥그레졌다. 그의 놀람은 왕치등 때문이었다. 버킹엄궁전에서 보았던 그 청년, 민규가 구해준 그 사람. 알고 보니 중국의 젊은 사업가를 대표하는 세계적인 기업가……

"안녕하세요?"

왕세자가 다가가 알은체를 했다.

"왕세자 전하."

왕치등도 왕세자를 알아보았다. 긴말이 없어도 둘이 통했으니 눈빛이 그랬다.

"형!"

화장실을 다녀온 종규가 분주하게 들이닥쳤다.

"손부터."

장식을 준비하던 민규가 나지막이 말했다.

"알았어."

손을 씻은 종규가 바삐 말을 이었다.

"엄청나. 미국 대통령에 유엔사무총장에, 중국 총리에, 영국 여왕에, 네덜란드 공주, 일본의 왕자, 세계적인 스타와 부호들……"

"시간 얼마 남았냐?"

"응? 45분."

"그럼 뭐 할 시간이지?"

"응? 첫 약수 나갈 시간."

"시작해라. 그런데 어떻게 하라고?"

"왕을 받드는 숙수의 자세로 정중하게."

"오케이."

민규의 목소리에는 한 치의 흔들림도 없었다.

다르륵.

종규의 카트가 구르기 시작했다. 민규가 힐금 창을 보았다. 어둠이 맛난 밀푀유처럼 겹겹이 벗겨지고 있었다.

"재희!"

팬 서비스를 위한 요리를 따로 준비하며 재희를 크로스체크 하는 민규.

"소스 완성, 데커레이션 준비물 완성입니다."

"접시는?"

"말씀만 하세요."

시원한 대답을 들으며 메뉴를 보았다.

—정화수와 요수 콤비.

—특선 상지수.

—약선산사자와인.

—약선해초콩스테이크.

—The Soul Food.

—제호탕.

첫 약수가 나갔으니 맨 위의 메뉴는 지워 버렸다. 상지수와 와인 또한 준비가 끝났다. 이제 준비할 것은 해초콩스테이크와 메인 요리였다. 약수와 건배주를 빼면 달랑 두 가지 요리. 지금까지의 만찬과 비교하면 초라할 정도였다. 그렇기에 관계자들은 아직도 의아한 표정들. 시간이 다 되어가지만 민규의 요리는 눈에도 띄지 않는 지경이었다.

'이민규⋯⋯.'

접시에 담기 전에 마인드컨트롤에 들어갔다.

또 한 번 도약하는 순간이다.

이 순간을 즐기자.

접시의 숫자가 요리의 만족도는 아니니까.

해초콩스테이크.

아주 작았다. 원형의 크기는 딱 두 입 크기였다. 그러나 이 스테이크는 아주 특별했다. 우선 이 콩은⋯⋯.

상큼하고 정갈한 맛과 향을 뿜는 스테이크를 바라볼 때 종규가 뛰어들어 왔다.

"형!"

"셰프!"

"죄송합니다, 셰프!"

"뛰는 건 금지."

"그것도 죄송합니다, 셰프!"

"용건."

"그, 그게⋯ 그분이 오셨어."

"그분 누구? 오늘 초대받은 분들이 다 '그분'급이잖아?"

재희가 핀잔을 날렸다.

"그분요. 셰프님이 목숨을 구한 인도의 부호 사리타 님이 오셨다고요."

"뭐야?"

놀란 민규가 팔딱 고개를 들었다.

"내가 봤어요. 방금 비서의 도움을 받아 도착했다고요. 휠체어에 탄 채 말이에요. 소개말도 들었어요. 박수 소리 들리지 않아요? 아까는 전망대가 떠나갈 것 같았는데……."

'사리타가?'

민규의 시선이 저절로 전망대 쪽으로 향했다.

노래가 흘러나왔다. 이스라엘 출신으로 미국에서 활동하는 여가수. 사라 브라이트만 이후로 신의 목소리로 등극한 그 여가수였다. 이미 미국 순회공연에서 전회 매진을 기록하며 전설이 된 가수. 그러나 그녀의 나이도 고작 스물일곱에 불과했다.

목소리는 어둠을 벗겨내는 빛처럼 신산했다. 아침 일찍 달려오느라 피로했을 명사들. 그녀의 노래에서 청량한 위로를 만나고 있었다.

"와아아!"

노래가 끝나자 박수 소리가 천둥을 이루었다. 테이블의 생동감은 뜨겁게 달아올랐다. 그리고, 마침내 그 생동감의 폭발을 알리는 멘트가 나왔다.

"새해, 오늘, 이 자리를 빛내주시는 VVIP 여러분!"

머큐리 회장의 목소리가 나오자 63명 귀빈들이 일제히 환호를 했다.

"와아아아!"

머큐리가 등장했다. 그것은 곧 새해 정찬이 시작된다는 의미. 정화수와 요수를 말끔히 비워낸 귀빈들의 눈동자가 또렷하게 맑아졌다.

"이제 새해가 밝아오기 15분 전입니다."

"······."

"올해의 아침 정찬은 정말 뜻깊은 행사인 것 같습니다. 참석해 주신 귀빈들의 면면이 그렇고, 특히나 사선을 넘어온 사리타 회장의 사연이 그렇습니다."

짝짝!

뜨거운 박수가 나왔다. 어젯밤에 사망진단을 받았던 사리타. 그 목숨을 살린 건 민규. 그녀가 입장할 때 이미 공표한 사실이었다. 그렇기에 참석자들은 후끈 달아올라 있었다. 죽은 사람을 살리는 마력의 요리를 구현하는 셰프. 그건 대체 어떤 맛일까?

"먼저 이 정찬의 오랜 전통에 맞춰 명예의 선서를 시작하겠습니다."

머큐리가 선언하자 일동 경건한 자세를 다듬었다.

"우리는 오늘 이 자리의 영광을 오직 마음속의 자랑으로 삼는다."

우리는 오늘 이 자리의 영광을……

선서가 복창되었다. 지구를 대표하는 저명인사들. 모두의 얼굴에는 자부심이 팽팽하게 차올랐다.

"오래 기다리셨습니다. 그럼 이제 올해의 요리를 소개합니다. 머큐리 제프 재단의 이벤트 사상 최초로 단독 정찬 주관을 맡아 미식의 극치를 보여주실 민규 리 셰프입니다."

화악!

멘트와 함께 장내의 불이 꺼졌다. 동시에 입구 쪽 불이 밝아왔다. 두 명의 안내원이 큰 문을 열었다. 거기 민규가 서 있었다. 유려한 숙수 복장에 두건을 동여맨 민규. 첫 카트를 밀며 위풍당당하게 들어섰다.

짝짝짝!

큰 박수의 주인공은 휠체어에 앉아 있던 사리타였다. 그녀, 고단한 몸을 이끌고 일어서더니 기립 박수를 보내왔다.

짝짝짝!

내빈 모두가 일어섰다. 미국 대통령이 서고 유엔사무총장도 서고 중국의 총리, 중동의 대부호들, 영국 왕실의 참석자들도 섰다. 민규의 시선에 들어온 귀빈들. 낯익은 얼굴도 많았다. 양경조 회장과 김순애, 장영순에 이어 러시아의 갈라예프

와 우크라이나의 칼린첸코, 쑨차오와 왕치등, 루이스 번하드에
샤킬 피펜까지…….

조명은 햇살처럼 민규를 따라왔다. 제일 먼저 육천기를 세
팅하고 물 향부터 피웠다. 육천기는 활기를 올린다. 요리를 먹
지 않아도 배가 부르니 맛난 행사에는 어울리지 않는다. 그러
나 오늘 식사는 양으로 승부하는 게 아니니 크게 우려하지
않았다.

세팅은 나이순으로 하는 게 관례. 제일 먼저 영국 여왕의
자리에 요리를 놓았다. 뚜껑이 덮인 접시 하나와 특이하게 긴
메인 접시… 여왕의 눈높이에 접시 위치를 잡아준 민규가 인
사를 하고 물러났다.

짝짝짝!

박수 소리와 함께 재희, 종규가 일사불란하게 움직이기 시
작했다. 보조자들이 있으니 세팅은 오래 걸리지 않았다. 물은
특별히, 상지수로 놓았다. 이는 하늘의 물이었으니 새해 첫 식
사와 어울리는 매칭이었다.

"세팅이 끝났군요. 저도 이 요리가 궁금해 죽을 지경입니다."

제프와 같은 테이블에 앉은 머큐리 목소리가 계속 이어졌
다.

"이제 이 마이크를 셰프에게 넘깁니다."

머큐리가 민규를 가리켰다. 머큐리와 대각선 방향에 서 있던
민규가 자세를 바로잡았다. 귀빈들이 한눈에 들어왔다. 그들

하나하나가 새해처럼 보였다. 그 감격으로 말을 이어나갔다.

"존경하는 귀빈 여러분, 오래 기다리셨습니다."

인사말에 이어 유리 밖을 바라본 민규, 뒷말을 이어놓았다.

"이제 요리를 개봉하십시오."

민규의 선언이 나오자 클랜튼이 카운트를 세었다.

3.

2.

1.

카운트의 끝에 민규의 요리가 공개되었다.

"와우!"

"까아아!"

"원더플!"

"오, 마이 갓!"

"오, 마더……."

표정과 반응은 달랐지만 느낌은 하나. 마침내 공개된 요리 앞에서 귀빈들은 일제히 자지러지고 말았다.

─약선해초콩스테이크.

─The Soul Food.

모락모락 김이 나는 스테이크의 냄새는 상큼하고 담백했다. 그 자태는 미치도록 미각을 유혹했지만 눈길이 오래 머물지 않았다. 메인 요리 때문이었다.

"아아……."

"맙소사!"

감탄은 여전히 진행형이었다. 그들이 난생처음 보는 요리였다. 핵심은 꿈결 같은 세 개의 알이었다. 한 입 크기다. 빨강, 파랑에 황금색 자태를 가진 방울들. 어찌나 영롱한지 왕 진주 알을 보는 것 같았다. 그 바닥은 초록 연잎이었다. 연잎 위에서 날짱거리는 숨결들이 또 압권이었다. 요정의 보푸라기처럼 하늘거린다. 거위 솜털처럼 빼곡하게 하늘거린다. 숨을 크게 쉬면 날아갈 것 같다. 그러나 요리가 틀림없었으니 원초적 미각을 자극하는 구수한 냄새가 있었다.

푸근하고 정다운.

한마디로 고향이거나 엄마의 손길처럼 정다운 맛… 그 위에 올라앉은 세 개의 알이었으니 귀빈들은 숨조차 제대로 쉬지 못했다.

무슨 알일까?

바라보면서도 상상이 가지 않았다.

요리의 좌측으로는 산나물소스가 역동적으로 흘러 나갔다. 기운차기가 살아 있는 선처럼 보였다. 그 위에는 생명의 시작을 상징하는 넝쿨손이 놓였다. 갓 따낸 듯 어린싹의 넝쿨손이었다. 그 시선을 따라 작디작은 붉은색 알, 초록색 알, 황금색 알이 꿈결처럼 질주하며 도약을 연출한다. 그 시선의 끝에 우뚝한 게 연꽃 꽃망울이었다.

일출 5분 전이었다.

"메인 요리의 타이틀은 'The Soul Food'입니다."

민규가 요리의 제목을 알렸다.

짝짝짝!

"이 요리의 주성분은 세 개의 곡물방울입니다. 이 방울들은 한국인들이 오곡이라 부르는 다섯 가지 기본 곡물을 우려낸 진액으로 만들었으니 이는 오곡이 인간 몸의 기본이자 핵심을 이루는 정기신혈을 만들기 때문입니다."

짝짝짝!

"세 개의 알은 천지인이라 청황적, 각각 하늘과 땅, 그리고 우리 인간을 상징합니다. 그렇기에 먹는 차례가 있으니 붉은색 알이 첫 번째입니다. 이 알은 혀 위에서 자연스레 터질 것이니 인간의 맛입니다. 두 번째 초록색 알은 목을 넘어가기 전에 터지게 됩니다. 이는 땅의 맛입니다. 마지막으로 푸른색 알은 부드럽게 삼키면 위장에서 터지게 됩니다. 바로 하늘의 맛이니 여러분의 몸을 하늘의 첫 숨결처럼 가뜬하게 만들어 드릴 것입니다."

짝짝짝!

"알을 감싸고 있는 건 바로 오곡으로 빚어낸 날개입니다. 오곡의 전분으로 만들었으니 오곡의 정수라고 할 수 있죠. 입에 넣으면 감미롭게 녹아들며 진액과 정기를 만들어줍니다. 서양의 밀푀유가 유명하지만 여러분은 오늘, 신이 허락한 최초의 밀푀유를 맛보게 되실 겁니다."

짝짝짝!

"바닥 소스의 역동감은 동양 용의 형상화입니다. 용이 승천하는 기상이니 거기 놓인 작은 알갱이들의 숫자는 각각 27개로 용의 비늘 숫자에 맞춘 81개입니다. 초록색은 한국 청정바다의 해초, 황금색은 한국 야생초의 열매, 붉은색은 신성한 석류알로 만들었습니다. 그 또한 천지인의 청황적을 상징하고 있습니다."

짝짝짝!

"그들을 품고 있는 산나물의 새순은 넝쿨손으로 생명의 기원을 상징하니 그 의미를 차용했고……."

여기서 잠시 호흡을 조절하는 민규. 귀빈들의 시선은 이제 소스 끝의 작은 수련 꽃망울에 쏠려 있었다. 타이밍을 계산한 민규, 마무리 설명이 이었다.

"여러분이 보고 계신 꽃은 수련의 꽃망울입니다. 아시겠지만 연꽃은 생명의 창조와 파워를 상징합니다. 풍요와 행운, 장수와 창조, 영원 불사를 뜻하기도 합니다. 이 뜻깊은 자리에 귀한 시간을 내주신 여러분에게 올해가 행운의 시간이 되기를 빌며 그 꽃을 피워 드리겠습니다."

"이 꽃이 핀다고?"

몇몇 귀빈들이 웅성거렸다.

그사이에 재희와 종규가 움직였다. 귀빈들의 건배 잔에 술을 따라주었다. 시작은 여왕이었고 마지막은 주최 측 머큐리와 제프였다.

"방금 받으신 건배주는 한국의 와인으로 이름은 세해술입니다. Three Sun 말입니다. 술에 세 개의 해를 담았으니 적토미의 붉은 기운이 첫 햇살, 산사자의 붉은빛이 두 번째 햇살, 그리고 조금 후에 떠오를 아침 햇살이 비추면 햇살 맛이 깃들 것이니 '세 해' 술입니다."

짝짝짝!

"마지막으로 새로 바꿔 드린 물은 그냥 생수가 아니라 상지수라, 아직 지상에 닿은 적이 없는 하늘의 물입니다. 이는 사람 몸에 필요한 진액을 만들고 불결한 기운을 쫓아주니 새해의 의미와 맞는 물. 그 또한 남김없이 드셔주시면 고맙겠습니다. 이상입니다."

민규의 요리 소개가 끝났다. 그때까지도 귀빈들의 시선은 메인 요리에서 떨어지지 않았다.

"일출 1분 전입니다. 모두 건배주를 들어주세요."

머큐리의 선언이 있고서야 귀빈들이 고개를 들었다. 이제 모두의 시선은 일제히 전망대 밖의 하늘로 향하고 있었다.

"10초 전."

3.

2.

1.

나머지 숫자는 귀빈들이 합창을 했다. 그리고 그 합창의 끝에 어둠을 밀고 나온 아침 해가 솟았다.

"와아!"

누가 먼저랄 것도 없이 함께 환호하는 귀빈들. 박수 속에서 합창이 터져 나왔다.

건배!

Happy New Year!

창!

여기저기서 잔이 부딪혔다. 처음 보는 얼굴이라도 상관없었다. 모두는 열린 마음이 되어 건배를 즐겼다.

그리고… 식사가 시작되었다. 식사 타입은 두 가지 부류로 나뉘고 있었다. 차마 참지 못하고 메인을 먼저 먹는 사람, 또 하나는 꾹 참고 스테이크부터 먼저 시작하는 사람들… 하지만, 경탄은 양쪽에서 공히 쏟아졌다.

"세상에, 이게 무슨 고기야? 맛이 환상적이잖아?"

"메추리? 토끼? 아니면 새끼 양의 갈빗살일까?"

그 시선 속에는 머큐리의 것도 있었다. 주방 직원들의 보고를 받은 그. 민규네가 준비한 식재료 중에 고기는 없었다. 그렇다면 콩으로 만든 식물성 스테이크가 맞았다. 하지만 식감이 달랐다. 어쩌나 쫄깃한지 씹는 맛이 제대로였다. 콩으로는 이런 식감이 나올 리 없었다.

"해초콩스테이크입니다."

민규가 식재료를 공개했다.

"해초콩이라고요?"

미국 대통령과 유엔사무총장도 궁금한 표정이었다.

"육류의 색감 구현을 위해 붉은 해초를 다져 넣었습니다. 해초는 질긴 탄성이 있는데 그 특성을 살렸습니다. 그래서 식감이 소고기와 비슷하게 나는 것입니다."

"아!"

그제야 고개를 끄덕이는 귀빈들… 그 뒤로 더 큰 경탄이 이어졌다. 이번에는 진액의 알을 입에 넣은 사람들이었다.

펍!

첫 방울이 입안에서 터졌다. 그 맛이 연구개를 후려쳤다. 미각과 동시에 일어나는 격한 촉각의 반응. 먹어도 질릴 일 없는 진미의 폭탄이었으니 한 방에 넋을 놓는 귀빈들이었다. 바로 그 순간, 천상의 목소리를 가진 여가수가 높은 비명을 질러 버렸다.

"까악!"

귀빈들의 시선이 그녀에게 쏠렸다. 그녀의 손은 메인 요리 소스의 끝을 가리키고 있었다. 수련 꽃망울이었다. 꽃망울이 개화하고 있었다. 순식간이었다.

"내 것도 피었어요."

"나도 피어요."

여기저기서 외침이 이어졌다. 수련… 메인 요리의 소스 끝에 장식한 수련이 개화하고 있었다. 꽃은 작았으니 그 작은 개화가 주는 행복은 어떤 꽃에도 못지않았다. 모든 접시의 꽃이 개화를 했다. 수련 하나하나를 여덟 판별법으로 고른 덕분이었다. 그 감동의 끝은 마지막 알이었다.

무슨 맛일까?

과연 무슨 일이 생길까?

설렘으로 마지막 방울막을 넘긴 귀빈들, 약속이나 한 듯 꿀럭 흔들렸다. 그러나 그건 불쾌한 경련이 아니었다. 증명이라도 하듯 귀빈들의 얼굴이 햇살처럼 온화하게 퍼졌다. 정기와 진기의 핵폭발. 그게 귀빈들의 정기신혈을 자극하며 활기를 이룬 것. 새해가 귀빈들의 육체 안으로 들어온 기분이었다.

용틀임을 상징한 소스와 비늘의 상징으로 올려둔 알갱이들은 그래서 빛을 잃었다. 극히 일부만이 해초알에 대해 질문을 해왔다. 귀빈 중 한 사람이 일본의 해초 '우미부도'를 알고 있었지만 이 요리에 쓰인 건 남해 먼 무인도 근처에서 가져온 국산이었다.

후식으로 나온 제호탕도 빛을 잃었다. 메인 요리에 홀려 넋이 나가 버린 탓이었다.

식사 후에 제일 먼저 일어선 사람은 사리타였다. 정과 기가 충전되자 그녀도 생기가 더해졌다. 뒤를 이어 모든 사람이 기립했다. 주최자 머큐리와 제프 또한 예외는 아니었다.

짝짝짝!

박수는 10여 분이나 계속되었다. 그동안 민규는 한 사람,

한 사람을 향해 정중한 인사로 답했다. 나중에 들은 얘기지만 10여 분의 기립 박수는 이 정찬의 역사상 처음 있는 일이라고 했다. 하지만 아직은 성공이 아니었다. 가장 중요한 기부 절차가 남아 있었다.

"만장하신 귀빈 여러분."

머큐리가 귀빈 앞으로 나섰다.

"저는 이 감동이 새해의 첫 일출 때문인지 이 셰프의 요리 때문인지 분간이 가지 않습니다. 요리를 먹은 건지 햇살을 담아 먹은 건지 분간도 가지 않습니다. 어느 분이 이 감동을 명쾌하게 정리해 주실는지요."

머큐리가 실내를 돌아보았다.

"여왕 폐하, 부탁합니다."

머큐리의 지명은 영국 여왕이었다.

"미스터 머큐리, 영광스러운 지명이지만 저는 차마 이 감동을 말로 표현할 수 없습니다. 게다가 저는 이미 이 셰프의 요리에 반했던 터라 객관적이지도 않습니다. 바라건대 처음 이 셰프의 요리를 맛본 사람이 감상에 적합하리라 생각합니다."

"공감합니다. 그렇다면 미스터 프레지던트?"

머큐리가 미국 대통령을 바라보았다.

"아뇨. 정치라면 몰라도 미식은 안 됩니다. 제가 평을 하면 셰프 요리의 품격이 망가집니다. 그것만은 할 수 없습니다."

"하하핫!"

대통령의 익살스러운 사양에 좌중은 웃음바다가 되었다.

"그렇다면 역시 미식 평의 최고봉 루이스 번하드?"

"그 말씀을 기다리고 있었습니다. 그러나 여러분, 이 셰프는 제 절친 중 한 사람입니다. 제 평은 객관적이 아닌 것으로 들릴 수 있음을 양지해 주시기 바랍니다."

"그렇다면 이 정찬의 평은 역시 사리타 회장님이 해주셔야 할 것 같습니다."

머큐리의 지명이 사리타에게 넘어갔다. 귀빈들이 박수로 기대감을 표명했다.

"저입니까?"

그녀가 고개를 들었다.

짝짝!

박수가 다시 확인을 해주었다. 사리타가 일어섰다. 들어올 때와 완연히 다른 얼굴. 그녀야말로 새해의 기상을 오롯이 받아들인 듯 활기가 넘치고 있었다.

"여러분, 참으로 가혹하군요. 여왕께서는 이미 맛을 보셨기에 곤란하다 하시고, 루이스 번하드는 친구라서 곤란하다 합니다. 그렇다면 제게는 생명의 은인이신데 타당한 경우라고 생각합니까? 따라서 저는 미국의 입으로 불리는 방송인 레이폴트에게 이 감상을 맡기길 희망합니다. 우리 모두의 입이 요리에 취했으나 그나마 제 목소리를 낼 사람은 레이폴트뿐이라고 생각합니다."

레이폴트.

미국 언론의 총아.

지금은 은퇴하고 언론 사업을 경영하지만 몇 해 전만 해도 미국의 입으로 불리던 방송의 히어로였다. 간결한 언어와 핵심을 찌르는 달변으로 미국 국민의 존경을 한 몸에 받던 사람. 결국 그가 감상을 대표하게 되었다.

"솔직히 말해서 저는……."

그의 목소리조차 얼떨떨하게 열렸다.

"처음 요리를 받아 들었을 때 머큐리 회장의 따귀를 한 대 때리고 싶었습니다."

레이폴트, 가벼운 운을 떼고는 말을 이어갔다.

"많은 분들이 아시다시피 저는 대식가입니다. 그런데 한 주먹도 안 되는 스테이크에 작은 알 세 개라니? 내가 이걸 먹으려고 여기까지 날아왔나 생각하니 분노가 살짝 치밀었죠."

"……."

"그러나 그 분노가 수치로 바뀌는 데는 알 하나면 족했습니다. 한마디로 요리의 기준을 바꾼 맛이 아닐 수 없었습니다. 먹는다는 행위, 푸짐하게 배를 채워야 포만감을 느끼던 제 미식의 야만에 인간의 먹는다는 행위가 예술과 종교적 경건함의 극치라는 걸 일깨워 준 요리. 탄수화물과 지방의 노예로 살았던 제 몸을 정화시키고 요리의 궁극을 느끼게 한 천상의 요리가 아닐 수 없었습니다."

짝짝짝!

"이런 감상 평조차 셰프의 요리에 무례한 느낌이 들지 모른다는 게 솔직한 마음입니다. 저는 이 자리에서 머큐리 회장에게 요청합니다. 이 정찬은 비공개의 명예를 자랑하지만 요리에서 받은 충격이 명예와 배치되는 것도 사실입니다. 따라서 예외적으로 이 요리에 대한 칼럼을 발표할 수 있도록 허락해 주시기를 바랍니다. 인류는 우리가 소비하는 요리의 참된 길을 알아야 할 필요가 있으니 이 셰프의 요리가 그 방안의 제시라고 생각합니다."

짝…….

이어지던 박수가 멈췄다. 비공개주의의 머큐리 재단 정찬. 알음알음 새어 나가는 거야 어쩔 수 없다지만 공식적인 공개 요청이 나온 것이다.

공식 공개.

머큐리는 어떤 반응을 보일까?

민규도 궁금했다.

귀빈들의 끝에 있던 클랜튼의 시선이 머큐리를 향했다. 그도 온몸으로 느껴 버린 민규의 정기신혈 절정요리. 귀빈들의 반응 또한 환희와 감동의 도가니. 다른 해와 완연히 다른 이 분위기를 머큐리는 어떻게 수습할 것인가?

"새해 벽두부터 제 두뇌 활동을 도와주는군요. 하지만 방금 먹은 요리가 뇌에도 활력을 주었으니 크게 힘들지는 않습니다."

머큐리의 임기응변은 수준급이었다. 부드럽게 받아친 그의 뒷말이 이어졌다.

"참석자들에 대해 언급하지 않는다면 비공개 원칙을 깨뜨린 데 대한 소송은 하지 않겠습니다. 당신은 국가의 재갈도 쓰지 않으려는 분이니."

머큐리의 허락이 나왔다. 머큐리 재단의 소송은 유명했으니 조크를 빌어 수락한 셈이었다.

"감사합니다. 그렇다면 저도 이 칼럼의 원고료는 청구하지 않겠습니다."

레오폴트도 조크로 감상 평을 마감했다.

"그럼 이제부터 기부금 모금을 시작하겠습니다. 이 모금의 성격은 모든 분이 아시는 바 따로 설명하지 않습니다. 기부금은 익명으로 하셔도 좋고 실명으로 하셔도 상관없습니다. 오늘 모금을 도와주실 두 분은……."

머큐리의 멘트가 고조될 때였다. 뒤쪽에서 수군거리는 소리가 새어 나왔다. 귀빈들의 시선이 그쪽으로 쏠렸다.

"어머, 죄송합니다."

얼굴을 붉히는 사람은 여자 둘에 남자 하나였다. 모두가 한결같은 덩치들. 장식으로 놓인 체중계에 올라섰다가 흘린 목소리였다. 그건 민규의 팬 서비스였다. 식사 중에 슬쩍 체중에 대해 언질을 던진 민규. 그들이 수락하자 감량 보너스를 안겨주었던 것. 그 약선 효과가 눈앞에서 나오니 환호하지 않을 수 없는 덩치들이었다.

그건 시작에 불과했다. 이때부터 민규의 초자연수 마법이 본격 활약을 시작했다. 특히 여자와 노장들이 타깃이었다. 추로수와 옥정수가 출격하니 꿀피부가 되었고 국화수와 천리수는 잔병을 씻어주었다. 마법의 백미는 매우수였다. 이는 상처를 아물게 하니 건조 때문에 고질적인 피부병을 앓던 저명인사의 고민을 단숨에 씻어주었다.

짝짝짝!

신묘한 마법에 기립 박수가 이어졌으니 분위기는 더욱 달아올랐다.

"우리 모두가 마법의 물 축복 세례까지 받는군요. 정말이지 행복한 새해 첫날입니다."

머큐리, 상황을 수습하고 행사를 이어갔다.

"그럼 이제 모금을 도와주실 두 미녀를 모십니다. 재작년에 미국 최고의 가수로 뽑힌 샬롯과 지난해 미스 유니버스 퀸 그레이스입니다."

머큐리의 호명과 함께 두 미녀가 투명한 모금함을 밀고 나왔다.

"오늘 정찬을 주관하신 민규 리 셰프께서도 수고를 도와주실 겁니다."

머큐리가 민규를 지명했다. 주관 셰프들이 모금함과 함께

하는 건 이 이벤트의 관례였다.

"자, 첫 기부 영광의 테이프는 누가 끊어주시겠습니까?"

머큐리가 분위기를 띄우자 장내가 술렁거렸다. 얼마를 넣을 것인가? 귀빈들은 즐거운 고민 속에 빠졌다. 그런데 그 첫 테이프를 민규가 끊어버렸다. 머큐리 재단에서 받은 10만 불 현찰을 그대로 투하해 버린 것.

"……!"

지켜보던 머큐리가 입을 쩌억 벌렸다. 이 또한 초유의 상황이었다.

"이 셰프……"

그의 목소리가 흔들렸다. 셰프는 최고의 요리를 만들고 그 배당을 받아 가면 그뿐이었다. 참석자들은 다들 내로라하는 재산가들. 마음만 먹으면 100만 불을 쏴도 아깝지 않겠지만 셰프들은 그런 부호가 아니었다. 그런데 주관의 대가로 받은 10만 불을 통째로 쾌척하다니…….

"죄송하지만 저는 오늘 정찬 주관료 10만 불보다 값진 마음을 받았습니다. 더구나 이 이벤트의 성격을 생각할 때 저 또한 기부에 참가하는 게 마땅하다고 생각합니다. 기부의 출발이 제 요리였으니 그 요리를 만든 제가 어찌 구경만 하겠습니까? 머큐리 재단의 뜻깊은 사업에 작은 기여가 되기를 바랍니다."

민규의 한마디는 참석자들에게 감동이 되었다.

셰프가 10만 불.

참석자들 상당수는 그들이 적어내리던 액수를 지우고 다시 썼다. 대부분의 액수는 두 배로 치솟았다. 그런데 사실, 민규의 10만 불에는 또 다른 이유가 있었다. 천명화였다. 그녀가 꿈꾸던 만찬과 기부. 그녀 덕분에 개업이 가능했던 민규였으니 그녀의 소원을 대신 풀어준 것이었다.

"여러분!"

그사이에 사리타가 입을 열었다.

"제 기부금입니다."

그녀가 적은 금액은······.

"오 마이 갓!"

액수를 본 참석자들이 경악을 했다. 그녀의 금액은 무려 100만 불이었다.

"우어어!"

참석자들이 몸서리를 쳤다. 그들 모두가 내로라하는 부자들이었지만 100만 불은 적은 돈이 아니었다. 그러나 사리타는 그들의 상상을 또 한 번 박살 내버렸다.

"그러나 셰프의 마음에 감동했습니다. 그의 10만 불은 제 1,000만 불 이상의 가치이니······."

1,000만 불.

사리타가 수정한 금액이었다.

"······!"

계좌이체를 하려던 귀빈들은 핸드폰을 떨어뜨리고 말았다. 1,000만 불, 눈으로 보고도 믿기지 않는 기부가 나온 것이다.

모두가 넋을 놓은 사이에 그녀가 일어섰다. 뚜벅뚜벅 걸어와 모금함에 자신의 기부액 카드를 넣었다. 그런 다음 민규에게 악수를 청했다.

"고맙습니다."

그녀의 표정은 착한 아이의 눈빛이었다. 민규로 인해 새 생명을 얻은 사리타. 그 기부 자체로도 기록적이었지만 다른 기록의 기폭제가 되었다.

"이거 대체 얼마를 써야 하는 거예요? 셰프님이 10만 불이라니……."

중앙 테이블의 김순애는 조바심이 났다. 그녀가 애당초 생각한 기부 금액은 5만 불이었다. 그러나 민규가 10만 불을 내고 보니 소위 '격'이 서지 않는 것이다.

"나도 고민이네요."

옆자리의 장영순도 고개를 저었다. 그녀 역시 즐거운 고민이 아닐 수 없었다.

그 뒤의 테이블에 있던 쑨차오는 10만 불을 쓴 메모에 0 하나를 더 붙였다. 중국의 AI를 대표하는 왕치등 역시 10만 불에 0 하나를 그리더니, 결국 0 두 개를 그려 넣고 말았다. 사리타와 같은 1,000만 불을 쾌척한 것이니 대륙의 가오였다.

총 모금액 2억 7천 4백만 달러.

모금액의 합을 본 머큐리조차도 얼어붙고 말았다. 지금까지 기록은 4천 3백만 달러였다. 그걸 제외하면 보통 1~2천만 달러가 일반적. 기록을 무려 5배 넘게 갈아 치우는 모금액이었다. 이렇게 되면 머큐리도 2억 7천만 달러를 내놓아야 하는 상황.

그 얼굴을 클랜튼과 루이스 번하드가 주목하고 있었다. 느닷없는 거액의 모금. 머큐리는 어떻게 반응할 것인가?

"하하핫!"

모금액을 본 머큐리가 웃었다. 그 옆의 제프도 빙그레 웃음을 머금었다. 일단은 긍정적이었다.

"엄청나군요. 솔직히 저도 상상치 못한 금액입니다. 여러분들이 짜고 저를 파산시키려 작정하신 거 같은데 이런 파산이라면 기꺼이 받아들이겠습니다."

머큐리는 흔쾌했다.

짝짝짝!

박수가 쏟아졌다. 63명 모두가 모두에게 보내는 박수였다. 여왕이 민규에게 다가왔다. 미국 대통령도 다가왔다.

중국의 총리와 유엔사무총장, 왕치등, 쏜차오 등도 인사를 잊지 않았다. 양경조도 김순애도 장영순도… 레오폴트와 루이스 번하드, 나아가 세계 최고의 부호와 사리타도 그랬다. 그들은 민규를 둘러싸고 애정 어린 박수를 보내왔다. 정기신혈 요리로 가뜬한 활기를 채운 귀빈들. 그들이 쳐주는 박수는 민규 마음에 새해의 다사로움으로 녹아들었다. 모두에게 최고의 첫 아침이었다.

"원더풀."

정찬이 끝난 후 머큐리가 따로 치하를 해주었다. 그의 영원한 파트너 제프도 그랬다. 클랜튼은 더없이 뿌듯했다. 그의 판단이 제대로 적중한 정찬이었다.

"이 자리에서 내년 초빙을 부탁드려도 될까요? 실은 참석자들 대다수가 런치나 디너도 부탁할 정도였습니다. 얼마가 됐든 지불할 용의가 있다며 말입니다."

머큐리의 흥분은 아직도 진행형이었다. 이런 요리는, 이런 활기는 그로서도 난생처음이었다.

"이런 자리라면 언제나 영광이지요."

민규가 요청을 받아들였다. 거절할 이유도 없었다.

"오늘의 이 흥분… 어쩌면 내년까지도 고스란히 남아 있을 것 같습니다. 정말이지 최고의 요리였습니다."

"그런데 회장님."

클랜튼이 끼어들었다.

"왜 그러시나?"

"죄송하지만 밖에 셰프를 기다리는 분들이 많습니다. 회장님이 너무 오래 끄시면 미국 대통령부터 특수부대를 동원할

지도……."

"하핫, 그래서는 안 되지. 우리 경호원들이 특수부대까지 상대할 정도는 아니니 모셔 가세요."

머큐리가 문을 가리켰다. 마무리 인사를 한 민규가 문을 열고 나왔다.

짝짝짝!

박수가 쏟아졌다. 귀빈들은 거의 돌아가지 않았다. 정찬의 감동을 잊지 못한 그들이기에 인사라도 전하고 싶은 것이다.

"셰프님."

영국 여왕이 먼저였다. 손등에 키스를 해주었다. 그녀는 끄덕끄덕, 자애로운 고갯짓으로 고마움을 전해왔다. 왕세자도 왕세자빈도 이심전심으로 마음을 나누었다.

"한중 정상 만찬도 화제더군요. 언제 우리 백악관의 만찬도 부탁하고 싶습니다."

미국 대통령은 사진을 원했다. 놀랍게도 그가 직접 셀프 카메라를 찍었다. 그게 시작이었으니 기다리던 모든 명사들과 사진을 찍었다. 요리의 마력이었다. 라스트 샷의 기회는 루이스 번하드에게 돌아갔다. 민규를 아는 그였기에 모든 이들에게 양보한 까닭이었다.

"이거 이제 셰프님이 너무 유명해지셔서 저 같은 건 거들떠보지도 않을까 걱정이 되는군요."

촬영 각도를 잡은 그가 웃었다.

"단언컨대 제가 요리를 하는 한 루이스를 박대할 일은 없을 겁니다."

민규가 답했다.

"그 말, 녹음되었습니다?"

"걱정 마세요. 제 마음에도 녹음이 되었으니……."

민규가 그에게 바짝 다가섰다. 찰칵, 사진이 찍히는 사이에 한 사람이 끼어들었다. 이 정찬의 역사를 새로 쓰게 도와준 사람, 바로 클랜튼이었다.

찰칵찰칵!

셔터도 덩달아 신바람이 났다.

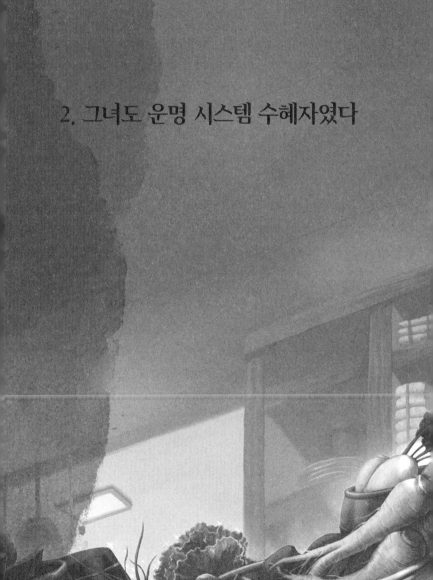

2. 그녀도 운명 시스템 수혜자였다

"이 셰프님."

주방으로 돌아갈 때였다. 민규를 부르는 사람이 있었다. 유엔사무총장이었다.

"가봐."

종규가 민규 등을 밀었다. 두어 발 다가선 민규가 유엔사무총장과 마주하게 되었다.

"좀 드릴 말씀이 있어서요."

그가 정중히 입을 열었다. 주방 한편의 테이블에서 그와 마주 앉았다. 경락이 시원하게 열리는 열탕 한 컵을 내주었다. 세계를 위해 더 큰 열정을 바쳐달라는 민규의 바람이었다.

"말씀이시라면……."

민규가 귀를 기울였다.

"먼저 고백하자면 저는 많은 돈을 기부하지 못했습니다. 그 것부터 사과를 드립니다."

"별말씀을요."

"실은 제가 취임 후에 많은 셰프들의 요리를 즐기고 있습니다. 오해하실까 봐 말씀드리자면 사치스럽고 호화스러운 요리가 아니라 독특하고 효율적으로 지구 자원을 이용하는 요리사들이었습니다."

"네……."

"아까 이웃 테이블에 미국의 식품 기업 대표가 있었는데 그 분의 주력사업인 해초새우도 셰프의 아이디어로 완성되었다고 하더군요."

"아, 샤킬 피펜 말씀이군요?"

"그렇습니다. 샤킬 피펜… 그분이 아프리카에서 주최한 기아 모금 요리 박람회에도 제가 갔었습니다."

"예……."

민규는 계속 귀를 기울였다. 해초새우로 유명해진 샤킬 피펜은 세계의 빈민가와 기아들을 위한 요리 축제를 열며 영역을 확장해 나가고 있었다.

"사실 아직은 하나의 구상에 불과합니다만 어쩌면 셰프님의 도움이 필요할지도 몰라서요."

"요리 말씀입니까?"

"정확히 말하면 요리 신념, 즉 요리 철학입니다."

"제 요리가 아직 철학을 내세울 정도는 아닙니다만."

"겸손이십니다. 오늘 참석한 63명의 저명인사들 가운데는 미식가로 유명한 사람도 많았습니다. 그분들은 맛없는 요리에 감동하는 싸구려 연기자들이 아니거든요. 더구나 거액의 기부금까지 내는 자리가 아닙니까?"

"……"

"지금 우리 지구촌은 먹거리 하나도 굉장한 빈부격차를 보이고 있습니다. 한쪽에서는 쌀 한 주먹으로 일곱 가족이 하루를 먹는가 하면 유럽을 위시한 아시아의 신흥 부국들은 그보다 더 많은 음식물을 버리며 낭비를 일삼고 있지요."

"그건 공감합니다."

"그 문제에는 유력 정치가들보다도 올바른 요리관을 가진 유명한 요리사의 도움이 필요합니다. 먹는 것에서는 셰프가 대통령이니까요."

"그러시면……"

"우리 모두에게 경종을 울리는 셰프의 고견… 그런 자리를 한번 만들어볼까 구상 중입니다. 그때 좀 도와주실 수 있겠습니까?"

"아직 어린 제가 그런 중량이 될는지요?"

"재능은 나이가 중요하지 않습니다. 나이만으로 친다면 세프께서도 오늘의 성찬을 주관하지 못했을 겁니다."

"그건 그렇군요."

"부탁합니다."

유엔사무총장이 깍듯이 고개를 숙였다. 맑게 반짝이는 눈빛으로 보아 사심이 있거나 민규를 이용해 먹으려는 의도는 아닌 것 같았다.

"기회가 온다면 힘껏 돕기는 하겠습니다."

민규가 답했다. 의도가 좋다면 작은 도움 정도는 문제 될 게 없었다.

"고맙습니다. 제 명함이니 번호도 함께 기억해 주시면 고맙겠습니다."

유엔사무총장이 명함을 꺼내주었다. 미국 대통령에 이어 유엔사무총장의 직통 번호까지 따는 민규였다.

"헐, 우리 형, 이렇게 유명해지다가 다음 대선에 나가는 거 아니야?"

유엔사무총장이 돌아가자 종규가 웃었다.

"시켜줘도 안 한다. 나는 요리가 천직이거든."

민규가 잘라 말했다.

다시 주방을 정리할 때였다. 한국에서 전화가 걸려왔다. 남예슬이었다. 그녀의 목소리는 고조되어 있었다.

"어, 웬일이세요?"

―웬일은요? 일단 해피 뉴 이어 하시고요, 캐나다에서 대체 무슨 일이 벌어진 거예요?

"예?"

―지금 난리가 났어요. 셰프님이 캐나다에서 축복으로 새해를 여는 천상의 요리를 선보였다고.

"그게 벌써 새어 나갔어요? 비공개였는데?"

―미국에서 굉장히 유명한 언론인이 칼럼을 썼대요. 그게 엄청난 반향을 불러오면서 한국에도 쫙 퍼져 버렸어요. 하늘과 땅, 그리고 인간의 영혼을 이어주는 세기의 명요리…….

'레오폴트?'

―역시 셰프님이네요. 캐나다에서 세계를 흔들어 버리시니…….

"어떤 분인지 알기는 하겠는데… 빠르네요. 그런데 그게 그렇게 크게 번졌어요?"

―그분 영향력이 엄청나다고 해요. 신뢰도와 평판이 높아서 리트윗만 해도 수백만 건이 넘어버렸다고 해요.

"……."

―몸은요? 피곤하지는 않아요?

"뭐 선닐 받압니다."

―약수 말이에요, 맨날 다른 분들만 대접하지 말고 셰프님 몸도 셀프 대접 하세요.

"그러죠"

—초빛에 가봤더니 공사 중이더라고요. 리모델링과 리데커
레이션 끝나면 저 초대해 주실 거예요?

"당연하죠. 예슬 씨 안 모시면 누굴 모셔요."

—고마워요. 그리고 새해 첫날부터 멋진 소식 전해주셔서
또 고마워요. 일 잘 보시고 오세요.

그녀가 통화를 끊었다. 민규를 배려해 긴 통화도 아니었다.
그래서 늘 고마운 남예슬이었다.

"예슬이 누나?"

짐을 꾸리던 종규가 물었다.

"그래. 한국에 난리가 났단다. 방송인 레오폴트가 벌써 칼
럼을 올렸나 봐."

"우와, 빠르네. 그럼 기자들이 쳐들어오는 거 아니야?"

"그럴 리가?"

민규가 어깨를 으쓱해 보였다. 하지만 종규 말이 맞았다.
톰슨이 그 소식을 가져왔다.

"셰프님, 죄송하지만 기자들이 몰려왔습니다. 어떻게 할까
요?"

"재단 측 입장은 어떻습니까?"

"어차피 예외를 둔 것이니 셰프님에게 맡기라고 하셨습니
다."

"그렇다면 대표 기자 한 사람을 뽑아 오세요. 그런 조건이
아니면 기자회견은 사양한다고 전해주십시오."

민규의 배팅은 제대로 먹혔다. 지구를 들썩거리게 만든 세기의 요리사. 자칫하다가는 취재조차 못 할 판이니 즉석에서 대표를 선출했다. 그 행운은 로이터 통신의 여기자 마리안느에게 돌아갔다.

"시간은 5분 드리겠습니다."

그녀가 들어서자 민규가 선공을 날렸다.

"제대로 긴장시키시는군요. 기자 생활 15년 동안 온갖 명사를 만났지만 쫄아보기는 처음입니다."

마리안느가 웃었다. 거대 통신사의 기자답게 여유가 있었다. 그녀의 관심은 당연히, 메인 요리에 있었다. 천지인을 상징하는 요리. 대체 어떤 맛이기에 독설가로 불리는 레오폴트의 혀를 녹였단 말인가?

"제 답은……."

민규의 답은 요리 한 접시였다. 정찬에 나간 그 요리였다. 약간의 여분이 있었으니 그걸 마리안느에게 내준 것.

"요리는 말로 설명하기 어렵습니다. 먹어보는 게 빠르죠."

민규가 웃었다. 마리안느는 이 행운을 즐겼다. 그녀는 세 번 까무러쳤다 깨어났다. 인간의 맛부터 충격이었다. 그렇게 푸근하고 그렇게 담백한 진액 진미의 맛을 그녀는 알지 못했다. 땅의 맛도 그랬지만 하늘의 맛은 감당조차 어려웠다. 후들거리는 그녀의 정신 줄은 민규가 건네준 정화수를 마시고서야 겨우 자리를 잡았다.

"아아……"

그녀는 차마 말을 잇지 못했다. 아아아, 신음이 그녀의 감탄을 대신할 뿐이었다.

"오곡에 이런 맛이 있었군요. 미슐랭 별 세 개짜리 레스토랑을 수없이 다녀봤지만 몸과 마음에 이토록 친화적인 요리는 처음입니다. 정말이지 새해의 햇살 한 줌을 몸 안에 넣어 준 기분이에요."

"땡큐!"

민규가 답했다.

"죄송하지만 정찬에 쓴 식재료도 공개하실 수 있나요? 많은 사람들이 궁금해하고 있습니다."

"기꺼이."

숨길 일도 없었다. 어쩌면 민규가 원하던 질문이기도 했다. 정찬의 새 역사를 가능하게 한 식재료들. 그 찬란한 승화의 몫은 민규 것이었지만 식재료를 만든 사람들 또한 영광을 같이할 자격이 있었다.

"건배주의 이름은 세해술입니다. 한국의 차만술 민속주 명인이 만들었습니다. 이 건배주와 더불어 메인 요리의 주재료로 쓰인 세 가지 쌀 적토미와 녹미, 황량미는 한국의 쌀 명인 정갑수와 이장걸, 천을배 님이 생산한 쌀입니다."

"어떤 특징이 있습니까?"

"최고의 퀄리티에 최고의 정성이 담긴 쌀이죠. 흔한 비료나

농약 대신에 관심과 자부심이라는 거름을 주었으니 바로 이 쌀들입니다."

민규가 원재료를 공개했다. 적토미와 녹미, 황량미는 마리안느의 카메라에 쉴 새 없이 담겼다. 이 기사가 세계 토픽으로 나가면서 한국은 또 한 번의 열풍에 휩싸였다. 차만술은 물론이고 세 농부에게 새해의 복 벼락이 떨어진 것이다.

5분은 이내 흘러갔다. 마리안느는 대통신사의 기자답게 구구한 연장을 요청하지 않았다. 5분이 되는 것과 동시에 쿨하게 퇴장하는 그녀였다. 그 보답으로 민규, 기자들의 숫자만큼 약수를 소환해 서비스해 주었다.

"으아, 진짜 쿨하다."

종규가 몸서리를 쳤다.

"원래 일류들은 그런 거다. 자기가 한 약속을 지키는 것."

민규가 웃었다. 돌발 기자회견은 넘겼지만 또 다른 스케줄이 기다리고 있었다. 인도 거물 사리타의 독대 요청이었다.

"셰프님."

사리타는 일어선 채로 민규를 기다리고 있었다. 그녀가 묵고 있는 특급 호텔이었다.

"모시세요."

그녀가 수행실장을 다그쳤다. 실장이 소파의 상석을 권했다.

"그 자리는……."

민규가 주저하자 사리타가 거들고 나섰다.

"셰프님의 자리가 맞습니다. 앉으세요."

"회장님……."

"셰프님이 아니었으면, 전 하늘에 있을 목숨입니다. 저 맨바닥에 앉는다고 해도 저는 행복합니다."

그녀는 물러설 생각이 없어 보였다. 부득이 상석에 앉고 마는 민규였다.

"저희 인도에서 최고로 꼽는 차입니다. 셰프님의 약수만은 못하겠지만……."

쪼르륵!

찻물도 그녀가 직접 따랐다. 그녀의 생애에 없던 일이었다.

"향이 좋군요."

민규가 한 모금을 넘겼다. 인사치레가 아니라 정말 우아한 향이었다. 인도 최고 재벌의 품격과 잘 어울렸다.

"어제 오늘 저는 두 번이나 다시 태어났습니다. 어제는 목숨으로, 오늘은 최고의 요리로……."

"맛난 정찬이 되어 다행입니다."

"어떻게 그렇지 않겠어요? 제 선친께서 인도의 성지에서 만난 성자에게서 전설의 소타를 맛보았다던데 단연코 그보다 나은 성찬이었습니다."

"과찬이십니다."

"저 혼자만의 감상이 아닙니다. 미국의 언어로 불리는 레오 폴트의 기사도 똑같더군요."

"……."

"이 은혜를 무엇으로 갚아야 할지요."

"이미 충분히 갚았습니다. 정찬에서 거액을 쾌척함으로써 제 프라이드를 높여주셨지 않습니까?"

"그러나 그 돈이 셰프님의 지갑으로 들어가는 건 아니지요."

"일부는 들어옵니다."

"초청비로 받은 10만 불을 전부 내놓은 건요?"

"10만 불보다 더 값진 대우와 명예를 얻었습니다."

"그 대우는 참석자들의 의무였습니다. 셰프가 아니었다면 지구 어디서 그토록 정갈하고 활기찬 성찬을 맛볼 수 있었을 까요?"

"회장님."

"그러니 이제 목숨값을 치를 기회를 주시기 바랍니다."

"그 마음으로도 충분합니다."

"1천만 불을 드리겠습니다."

"……!"

다짜고짜 던진 액수에 민규가 소스라쳤다. 그녀는 진짜 1천만 불짜리 수표를 꺼내놓았다.

1천만 불.

백만 불도 큰돈인데 1천만 불이었다.

"받아주세요."

그녀가 수표를 내밀었다.

"회장님이 간곡하시니 받은 것으로 하겠습니다. 저는 그 마음이면 충분합니다."

"셰프님."

"굳이 마음의 빚으로 남는다면 인도의 어린이들을 위해 써 주시든지요."

"역시 그렇군요. 선친께서 말씀하시길 최고의 요리는 최고의 마음에서 시작된다더니 과연 틀리지 않습니다. 그렇다면 셰프님."

"……."

"이건 제가 맡아두겠습니다. 언제고 돈이 필요하시면 제게 연락을 하십시오. 사업이든 투자든 지원해 드릴 겁니다. 무조건."

무조건.

그 단어에 힘을 주는 사리타였다.

"그런데 하나 궁금한 게 있습니다."

"말씀하시죠."

"제가 사경을 헤맬 때 제게 물었었죠? 운명 시스템이니 전생 메신저니……."

"그랬습니다."

"그때 제가 뭐라고 대답했나요?"

"모르신다고……."

"셰프님은 그 단어의 내용을 아십니까?"

"예……."

"셰프님은 그 시스템의 수혜자입니까?"

"예?"

민규가 발딱 고개를 들었다.

시스템의 수혜자입니까? 분명 그렇게 물었다. 그렇다면, 그렇다면 그녀도 운명 시스템을 알고 있다는 뜻이 아닌가?

하지만 이미 모른다고 말했던 그녀. 더구나 목숨의 절명을 앞두고 한 말이니 거짓말도 아닐 터였다.

"실은 저도……."

주목하는 가운데 그녀의 말이 이어졌다.

"그 운명 시스템의 수혜자입니다."

"……!"

"그런 것 같습니다."

"회장님."

"이랬다저랬다 하는 게 아닙니다. 목숨을 다시 얻기 전에는 몰랐습니다. 진심입니다. 그러다 목숨이 넘어갈 때 알았습니다. 전생 메신저와 환생 메신저를 다시 만난 것도 그 순간이었고요."

다시?

"그제야 생각이 나더군요. 제가 어릴 때… 부모 잘 만난 과한 행복에 이유 없는 반항으로 타락의 길을 갔었습니다. 그러다 불량배들에게 잡혀 집단강간을 당할 위기에 처했습니다. 말씀드리기 부끄럽지만 우리 인도는 아직도 성에 대한 불평등이 존재하고 있습니다. 하물며 제가 어릴 때이니, 집단강간을 당하면 죽은 목숨이었죠. 그들에게 죽임을 당하거나 사회적인 죽임을 당하거나……."

"그때 그들의 마수를 피해 강물에 뛰어들었습니다. 홍수로 거칠어진 강물이었죠. 거기서 운명 시스템의 수혜를 입었습니다. 너무 희미한 기억이라 환상인 줄 알았었는데……."

"그럼 회장님의 운명의 괘는요? 그것도 기억하시나요?"

"去舊生新 百草回生."

"거구생신 백초회생… 옛것이 가고 새로운 것이 오니 백초가 회생하리라?"

"맞습니다. 지금까지 늘 그랬죠. 사업도 전통적인 것보다 첨단 쪽이었습니다. 셰프님의 요리에 기대를 건 것도 실은 제가 양고기 마니아거든요. 암에 대한 마지막 희망으로 육식을 버리고 정갈한 약선식으로 바꾸어 운명 시스템이 부여한 운명의 괘에 기대보려는 본능적인 시도였던 것 같습니다. 그런데… 바뀌는 게 바로 제 목숨이었네요."

사리타가 부처처럼 웃었다. 사심은 하나도 담겨 있지 않은 진솔한 미소였으니 정갈한 쌀에서 비롯된 녹말 진액처럼 투명하기 그시없었나.

그녀 역시 운명 시스템 수혜자. 그 동질감이 주는 신비감이 민규를 몽환 속으로 밀어 넣어버렸다.

"저는 그것을 꿈이나 예지 정도로 생각했는데 그런 사람이 또 있다니… 그게 바로 이 셰프님이라니……."

사리타가 손을 내밀었다. 민규는 빼지 않았다. 이렇게 얽히는 운명이 가슴을 먹먹하게 만들 뿐이었다.

"우리 보통 인연이 아니죠?"

그녀가 물었다.

"예, 회장님."

"돈은 이미 거절을 하셨으니 셰프님의 뜻을 받들기로 하고… 하지만 이건 받아주시기 바랍니다."

그녀가 대타로 내민 것, 목에서 뽑아낸 다이아몬드 목걸이였다.

"회장님."

"어머니께서 운명하시기 전에 물려주신 것입니다. 생애 최고의 은인을 만나면 벗어주어도 좋다고 하셨습니다. 그리고 제 인생에서 꼭 그런 은인을 만나기를 바라셨습니다. 그분을 이제야 만났네요. 더구나 저와는 기연까지 있으니 제 생에 이런 기연이 또 있을 거라는 생각은 하지 않으시겠죠?"

"그건……."

"이 선물만은 거두어주세요."

"……"

"부탁합니다."

사리타가 두 손으로 목걸이를 내밀었다. 별수 없이 받아들였다. 그녀와의 기연 때문이었다. 오랜만에 만나는 운명 시스템의 수혜자. 그런 선물이라면 거부할 명분이 없었다.

"고맙습니다."

사리타가 고개를 숙였다. 인도를 호령하는 거대 재벌 그룹의 총수. 그런 그녀였지만 민규에게는 부처를 영접하듯 깍듯할 뿐이었다.

고맙습니다.

당신이 여기 있어 운명 시스템이 나를 끌었나 봅니다. 덕분에 암도 사라졌고, 새 목숨도 얻었습니다. 언제든 연락하세요. 내가 살아 있는 한, 당신이 손을 내미는 한 어디든 달려갈 겁니다.

그녀의 눈빛이 초롱거렸다.

운명 시스템…….

그 수혜자를 또 만났다. 민규와 좋은 인연이 되었다. 빛나는 감성 충격을 안고 호텔을 나왔다. 그때까지도 민규는 목걸이의 가치를 모르고 있었다. 아니, 알았더라면 그 또한 거절했을 일이었다.

"셰프님."

클랜튼과 머큐리에게 인사를 마치고 귀국 준비를 하던 때였다. 왕치등의 방문을 받게 되었다. 이제 그의 중국 예약이 코앞이었다.

"귀국하시는 겁니까?"

그가 물었다.

"예, 일단 한국에 들렀다가 중국으로 가겠습니다."

"그러십시오. 저도 미국에 들러 비즈니스를 마무리하고 들어가 있겠습니다."

"따로 원하는 메뉴가 있으면 말씀하십시오."

"오늘 요리가 너무 감동이었습니다. 메인 요리 한 접시만이라도 재현해 주신다면 비용은 얼마든 내겠습니다."

"알겠습니다."

"그럼 출발일에 수행할 사람을 보내겠습니다."

왕치등은 정중한 인사와 함께 떠났다.

"셰프님."

마지막 차례는 양경조와 장영순, 그리고 김순애였다. 돌아가는 비행기 일정을 맞춘 탓이었다.

"오래 기다리셨습니다. 가실까요?"

민규가 차를 가리켰다. 클랜튼이 내준 두 대의 차였다.

"와아, 차가 기막히네요."

김순애가 탄성을 질렀다.

"당연하죠. 머큐리 재단의 기부 이벤트에 새로운 역사를 쓴 셰프님이잖아요? 솔직히 자가용 비행기로 모셔도 시원찮지."

장영순이 기세를 올렸다.

"그런데 형."

차 안에서 종규가 고개를 들었다.

"왜?"

"사리타 회장님이 준 목걸이 말이야."

종규가 핸드폰을 내밀었다. 검색 화면에 그 목걸이가 나와 있었다.

"억!"

비명이 저절로 나왔다. 가격 때문이었다. 12캐럿의 다이아몬드… 무려 30억 원을 호가하는 금액이었다. 30억. 다이아몬드에 대해 잘 알지 못하는 민규. 돈으로 치면 그저 천만 원 남짓하려나 싶었던 상상을 가볍게 뛰어넘은 것이다.

"이거 공항에서 걸리는 거 아니야?"

종규 표정이 어두워졌다. 다행히 그 우려는 내려놓아도 되었다. 공항에서 받은 예우 때문이었다. 머큐리 재단의 통보를 받은 출입국 관리소는 민규 일행에게 극진한 예우를 갖추었으니 간단한 여권 확인을 거쳐 귀빈 전용 출구를 통하는 편리를 도모해 주었다.

인천공항에 내리자 기자들이 인산인해를 이루었다. 그것만은 민규도 피할 수 없었다. 이날의 이슈는 레오폴트가 밝힌 성찬에 이어 그 식재료들이었다. 그 자리에는 정갑수와 이장걸, 천을배, 그리고 차만술이 나와 있었다. 그들은 짧은 시간

동안 뉴스의 핵이 되었으니 당연히 민규를 환영하러 나왔던 것.

"이 셰프님."

정직한 세 농부는 한껏 고무되어 있었다.

"농사꾼 30년의 보람을 이제야 제대로 느꼈습니다."

"영어 쓰는 사람들까지 거래하자고 나오니 정신이 없어요."

그들의 즐거운 비명은 그칠 줄도 몰랐다.

민규는 네 사람과 나란히 촬영에 응했다. 동시에 또 다른 감동 폭탄의 뇌관을 열어놓았다.

"이벤트에서 받은 배당금 전액을 불우한 어린이들을 위해 내놓겠습니다."

배당금.

애당초 민규가 10만 불을 선수 친 데는 이런 노림수도 있었다. 대부호들을 자극함으로써 더 많은 기부를 유도하려고 했던 것. 다행히 사리타가 어마어마한 맞불을 놓아주어 엄청난 결실을 이끌어냈다. 머큐리는 흔쾌히 배당금을 내주었고 민규는 그걸 챙겼다. 머큐리 재단의 선행도 중요하지만 한국 어린이를 위한 궁리도 빼먹지 않았던 것.

배당금은 상상외의 거액이었다. 아너 소사이어티에 수십 번 가입하고도 남을 정도였다.

"와아아!"

공항은 환호와 갈채로 들썩거렸다.

"우리 셰프님은 정말⋯⋯."

김순애와 장영순, 양경조가 동시에 혀를 내둘렀다.

"형!"

집으로 돌아가는 길, 종규가 조심스레 입을 열었다.

"이번에는 왜 공개적으로 기부하냐고?"

민규가 먼저 선수를 치고 나왔다.

"우와, 내 속도 식재료처럼 빤히 보여?"

종규가 몸서리를 쳤다.

"그럴 리가."

"그런데 어떻게 알았어?"

"그냥 감이다."

"쳇, 어쨌든 이유가 뭐야? 궁금해 죽겠잖아?"

"기부에 무슨 이유가 있겠냐? 세계적인 명사들에게는 축복의 요리를 바치고 왔는데 정작 우리나라에는 새해요리를 못 바쳤으니 어린이들에게 선물 한번 하는 거지."

"허얼."

"맨날 밥만 먹냐? 가끔은 외식도 하잖아? 한 번 정도 기분 내는 것도 나쁘지 않아."

"그거야 그렇지만⋯⋯."

"말 나온 김에 너희도 이거 받아라."

민규가 봉투 두 개를 뿌렸다.

"돈이잖아요?"

뒷좌석의 재회가 소리쳤다. 봉투에 든 돈은 1,000만 원 수표였다. 공항을 나오기 전, 잠시 사라지더니 이 돈을 찾아온 모양이었다.

"너희들 몫이다. 기부 안 하면 더 떼어주고 싶었는데 그걸로 만족해라."

"셰프님… 말도 안 돼요. 이거 못 받아요."

"너, 또 그러려고 그러지? 이거 받으면 아버지가 화내요. 저 셰프님 얼굴 못 봐요."

"예?"

"레퍼토리 다 아니까 그냥 넣어둬. 너희들이 정당하게 받아야 할 돈이기도 하지만 장학금이기도 하거든."

"장학금이라고요?"

"올해는 식치방푸드 약선요리 대회 한번 나가야지? 아니면 세계 요리 대회라든지……."

"예?"

"준비하고 있는 거 다 알아."

"셰프님……."

"아, 또 졸리네. 나는 피곤해서 눈 좀 붙여야겠다. 다 오면 깨워라."

민규가 눈을 감았다. 종규와 재회의 볼멘소리도 거기서 멈췄다. 손 위에는 돈 봉투만 묵직했다.

"어쩌지?"

재희가 종규를 바라보았다.

"어쩌겠어? 초빛에서는 형이 왕인데… 왕이 하사하면 숙수는 닥치고 받아야지. 궁중비사 읽다 보니 술 못 마시는 정약용도 정조께서 필통 가득 채워준 소주까지 받아 마시던데 어쩌겠어?"

"아앙, 난 몰라……."

재희가 몸서리를 쳤다. 민규의 고마움에 대한 감격이었다.

*   *   *

짝짝짝!

상하이 푸동의 고층 빌딩에 박수 소리가 울려 퍼졌다. 황푸강이 내려다보이고 동방명주탑이 마주 보이는 이 빌딩은 왕치등의 상하이 본사였다.

아직은 해도 뜨지 않은 여명의 아침, 박수와 함께 왕치등이 입장을 했다. 한국에 왔던 부사장과 함께였다.

"여러분."

왕치등이 상석에 서자 박수가 멈췄다.

"오늘 우리는 뜻깊은 새해를 맞아 새로운 각오를 다지는 기회를 삼고자 이 자리에 서게 되었습니다. 지난해까지 여러분의 노력은 눈부셨지만 해를 거듭할수록 더 큰 경쟁에 직면하고 있는 게 세계경제의 현실입니다. 따라서 새로운 결의를 다지고 개혁과 혁신을 수행하기 위한 방편과 함께 여러분을 격려하고자 최고의 셰프를 모셨습니다."

"……."

"이분은 며칠 전 세계 최고 명사들의 신년 정찬에서 세기의 요리라는 극찬과 함께 명사들의 몸과 마음을 리뉴얼시키는 활력의 요리로 감동을 자아낸 바 있습니다. 저 또한 그 자리에서 영감과 함께 파워풀한 활력을 받았기에 여러분을 위해 모셔 왔습니다."

"……."

"세기의 요리사, 한국에서 온 이민규 셰프님을 소개합니다."

왕치등이 중앙 출입문을 가리켰다. 민규가 등장해 정중한 인사를 올렸다.

짝짝짝!

왕치등이 상석에서 걸어와 민규와 악수를 나눴다. 악수를 끝낸 민규가 뒤를 돌아보았다. 민규를 보조하던 중국 요리사들이 첫 카트를 밀어주었다. 카트를 잡은 민규가 앞서 걸었다. 그 뒤로 33개의 카트가 뒤를 이었다. 두 명의 요리사를 제외하면 서른 명의 여자들이었다. 그녀들은 모두 붉은색 치파오 차림으로 절제미를 자랑하고 있었다.

"이분입니다."

왕치등이 한 테이블을 가리켰다. 민규가 멈췄다. 29살의 여직원이었다. 외모도 보잘것없고 키도 작았다. 그러나 사람을 외모로 평가하면 안 되는 법. 그녀가 바로 왕치등의 신제품을 총괄하는 재원이었다. 복건성의 촌마을에서 태어난 리셔징. 머리가 좋아 열다섯에 고등학교를 마치고 미국 유학을 갔다. 하버드 박사과정을 마치고 NASA, 애플에서 수석 개발자로 있다가 왕치등의 러브 콜을 받았던 사람. 지난해도 그녀의 공격적인 R&D 덕분에 성장률을 유지한 왕치등의 회사였다.

"회장님."

놀란 리셔징의 얼굴이 창백해졌다.

"우리 그룹의 얼굴은 내가 아니라 리셔징입니다. 먼저 받을 자격 있어요."

왕치등은 단호했다. 결국 최고 경영자 왕치등이 아니라 개발자 리셔징부터 세팅을 하게 되었으니 상징성이 가득한 일이었다.

사랏!

뚜껑이 열리고 요리가 공개되었다.

"……!"

그녀의 눈에 충격파가 일었다.

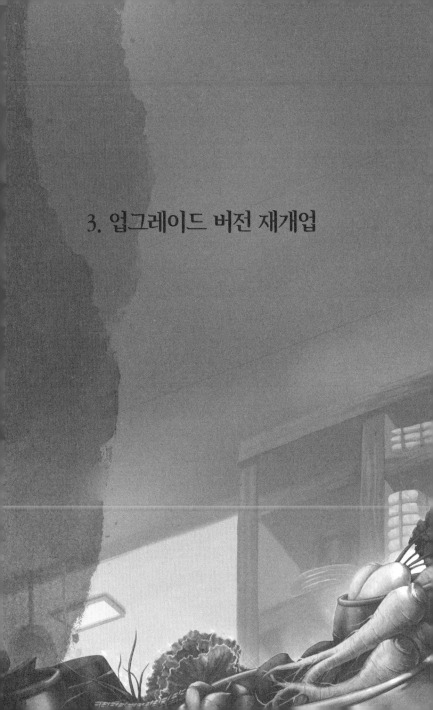

3. 업그레이드 버전 재개업

The China Soul Food.

아련한 김과 함께 요리가 드러나자 리셔징의 입은 벌어진 채 다물어질 줄 몰랐다.

"와아아!"

짝짝짝!

함성과 함께 박수가 나왔다. 회장과 부사장을 포함한 33명 모두에게서였다.

테이블에 놓인 건 맛깔 넘치는 세 개의 알이었다. 그러나 캐나다에서 보았던 것과는 비주얼이 달랐다. 알의 진기부터 그랬다. 얼핏 보면 같아 보이지만 원료가 중국산이었다. 한국은 한국산이 신토불이, 그러나 중국인들에게는 중국산이 신토불이가 맞았다.

진기만 보면 한국산이 좋지만 이윤의 전생은 그냥 있는 게 아니었다. 그의 내공을 공유하니 중국산으로도 최고 성분을 골라낸 민규였다. 왕치등의 엄명으로 준비된 중국 각지의 명품 쌀들. 그중에서도 최상의 성분을 추려 요리를 완성하니 캐나다에서 본 것과 또 다른 위엄이 나왔다. 중국인을 위한 중국식 진액이 창조된 것이다.

승천하듯 힘찬 기상을 뽐는 용틀임의 소스는 황금색으로 대체되었다. 승천의 마지막을 장식하는 꽃은 매화 송이를 놓았다. 왕치등의 주문대로 해초콩스테이크는 생략했다. 푸짐하게 먹는 자리가 아니라 새로운 도약을 강조하는 자리. 새해를 맞아 새로 태어나는 자리이니 핵심만 강조한 것이다.

첫 요리의 세팅이 끝나자 치파오 차림의 서빙 직원들이 뒤를 이었다. 임원들의 테이블에, 원로의 테이블에, 개발실과 연구실의 팀장들에게 요리가 놓였다. 부사장과 왕치등은 마지막이었다. 그 요리의 세팅은 다시 민규가 맡았다.

임직원들은 아스라이 떨고 있었다. 첫째는 요리의 위엄에 떨었고 둘째는 회장의 배려에 떨었다. 주석과도 가까운 왕치등 회장. 견고한 공산당원의 입지를 알기에 하늘처럼 받드는 임직원들이었다. 그러나 회장의 행보는 권위 누리기와는 한참 멀었다. 헐렁한 바지와 티셔츠를 걸치고 영감 여행을 떠나는

가 하면 뒷골목 만두나 시장통의 요리까지도 즐기는 타입이었다.

그럼에도 직원 식당의 헐렁한 메뉴는 용납하지 않았고 업무로 인해 병을 얻은 직원들은 정년 때까지 챙겨주었다. 그리하여 존경을 한 몸에 받는 왕치등. 마침내 대표 임직원들의 마음에 또 하나의 감동을 주었으니 바로 민규의 요리였다.

The China Soul Food.

이 요리의 기원이 되는 요리 전설은 그들도 알고 있었다. 미국을 대표하는 언론인 레오폴트 덕분이었다. 미국의 동향은 중국 기업들에게도 실시간으로 전해지고 있었으니 모를 리가 없는 것이다. 레오폴트의 기사에는 사진이 있었다. 요리의 일부를 클로즈업한 이미지였다. 그것만으로도 미각의 몸살을 앓던 임직원. 그 실물을 중국식으로 승화시킨 요리가 눈앞에 있으니 몸서리치지 않을 수 없었다.

"셰프님, 요리의 의미 설명을 부탁드립니다."

왕치등의 목소리가 정중하게 이어졌다. 민규가 임직원들 앞으로 나섰다.

"먼저 중국의 첨단산업을 이끄는 분들에게 제 요리를 선보일 수 있는 기회를 주셔서 고맙습니다. 이 요리는 하늘과 땅과 인간, 즉 천지인의 조화와 의미를 담아낸 작품입니다. 식재료는 여러분의 중국 땅에서 난 쌀 중에서 최고의 품질을 골라 구성했습니다. 붉은색은 인간이자 중국을 상징하고 황금색은 대지이자 황제의 권능을, 마지막 푸른색은 하늘이자 창의력을 상징합니다. 붉은색 방울은 혀로 맛보시고 황금색은 목젖으로, 푸른색은 오장의 촉수에서 맛을 느끼게 될 것입니다. 그리하면 온몸에 기의 폭발이 잇달아 오장과 정신의 활력을 더할 것이니 황제의 권능처럼 위대한 창의력의 세계를 호령하시기 바랍니다."

설명은 간단하게 끝냈다.

"와아!"

환호와 함께 첫 해가 솟았다. 창을 넘어온 햇살은 리셔징의 요리에 먼저 닿았으니 민규가 계산한 세팅 각이었다.

"와아아!"

임직원들은 또 한 번 환호를 했다.

"들어요."

왕치등이 리셔징을 재촉했다. 그녀가 먼저 붉은 방울막을 입에 넣었다.

톡!

그 감미로운 맛 방울이 터질 때였다. 황룡의 용틀임 끝에 놓았던 매화꽃 여덟 송이가 차례로 꽃을 피워냈다.

"어머!"

그녀가 몸서리를 쳤다. 민규가 계산한 개화 시간이 맞아떨어지면서 또 하나의 감동을 연출한 것이다. 그 꽃이 신호였다. 임직원들의 요리 접시 위에 매화꽃들이 만개를 했다. 모란과 매화를 유난히 좋아하는 중국인들이었으니 그보다 상서로운 조짐도 없었다. 게다가 입안에서 터지는 진미 진액의 맛. 혀에서 한 번 죽고, 목에서 두 번 죽고, 위장에서 세 번 죽으니 맛에 취해 넋을 놓은 임직원들이었다.

"정말 창의력이 마구 폭발하는 기분이네요."

임직원을 대표해 리셔징이 말했다. 임직원들의 표정도 그녀와 다르지 않았다.

이날 왕치등이 민규에게 지불한 초청비는 100만 불이었다.

"고맙습니다. 직원들에게 새로운 계기가 되었습니다. 다음에도 또 부탁을 드립니다."

인사도 빼놓지 않는 왕치등이었다.

100만 불.

신년 벽두를 거푸 뜨겁게 장식하는 민규였다.

돌아오는 길에 쑨차오를 만나 쑨빙빙의 자택을 방문했다.

"아이고, 셰프님."

쑨빙빙은 맨발로 나와 민규를 반겼다.

"제 인사는 요리로 하겠습니다. 뭘로 해드릴까요?"

민규가 저택 주방에 서자 쑨빙빙은 고민에 빠졌다.

"이거… 셰프님의 잉어찜도 먹고 싶고, 우리 쑨 회장이 청와대에서 먹었다는 만찬도 먹고 싶고… 이번에 화제가 된 새해 요리도 먹고 싶고……."

"그러시면 셋 다 해드리죠."

민규가 답하자 쑨빙빙은 아이처럼 좋아했다. 그를 위해 기꺼이 요리를 했다. 양경조의 육성 그룹과 조인트가 된 쑨평하이 그룹. 그들이 보내준 약선죽 로열티만 해도 천문학적이었다. 한중 정상 만찬 후로 판매가 절정에 달한 약선죽. 새해요리까지 세계의 화제가 되자 중국 시장에서 폭발적 인기를 끈 것이다. 약선죽의 포장도 신속하게 바뀌었다. 민규의 사진이 나오고 정상 만찬의 요리 이미지까지 덧붙인 것. 더구나 쑨빙빙 역시 운명 시스템 수혜자. 각별하지 않을 수 없었다.

"히야!"

세 절정요리가 나오자 쑨빙빙이 환호를 했다. 시간은 좀 걸렸지만 기다린 보람이 있었던 것이다.

"이거야말로 용궁의 진미 아니면 천국의 진미겠구려."

쑨빙빙이 연실 옥침을 넘겼다.

"천천히 즐기시고 건강하시기 바랍니다."

세팅을 마친 민규가 요리를 권했다. 쑨빙빙은 증손자들을 불러 어린 입부터 챙겼다.

"이놈들이 잘 먹으면 내가 먹는 것보다 행복하다오."

그가 소탈하게 웃었다. 어린 새끼들을 챙기는 어미 새 같아 보기가 좋았다.

"셰프님."

식사를 마친 쑨빙빙이 민규를 온화하게 바라보았다. 아들과 함께 새로운 제안을 해왔다. 민규의 이름을 상표로 내세우는 '한국 궁중맛 조미료 개발' 제안이었다. 쑨빙빙과 쑨차오의 눈은 무서웠다. 증손자들과 즐기는 사이에도 민규 요리의 맛을 음미한 것.

"조금만 갈래를 바꾸면 중국인의 입맛을 홀릴 것 같습니다."

쑨빙빙은 확신에 차 있었다.

"개발비는 무제한으로 투자하겠습니다. 인스턴트식품에 찌들어가는 우리 중국인들 입맛 좀 건강하게 살필 수 있도록 도와주십시오."

부자의 제안은 몹시 정중했다. 말이나 돈으로 밀어붙이는 건 아니었다. 그들은 이미 수십 민족의 입맛 분포와 그 변화의 추이까지 데이터로 갖추고 있었다.

"뜻이 그러시다면 적으나 힘을 보태보겠습니다."

개발 의사를 받아들였다. 그들이 내건 조건은 최상이었다.

*   *   *

[도착하면 카톡 보내.]

인천에 도착하기 무섭게 핸드폰이 울렸다. 외교부 안내 문자를 비롯해 밀려 있던 멘트들이었다. 종규 것부터 챙겨보았다.

"오래 기다렸냐?"

랜드로버에 오르며 물었다.

"한 10분 됐어."

"공사는?"

"완전 마무리."

"내일 예약 손님은?"

"아, 진짜… 오자마자 또 일부터야?"

"아니면? 기다리는 손님이 있다는 게 요리사의 최고 행복이라고 말했을 텐데?"

"완벽하니까 걱정 마."

"이모는?"

"아침 차로 오신대. 형이 시킨 대로 괜찮다고 했는데도……."

"다른 사람들은 다 막았지?"

"그래. 거짓말하느라고 혼났어. 아주 나만 악역 만들고……."

"공사는 어떠냐? 지난번에 보니 미완성 중에도 굉장하던데……."

"그건 직접 눈으로 보시죠, 셰프님."

종규가 속도를 높였다.

"……!"

초빛 마당에 내려선 민규, 휘둥그레진 눈을 감추지 못했다.

"축하합니다, 셰프님."

그때까지 기다린 재희가 꽃다발을 건네왔다.

"내 것도 있어."

할머니도 동참했다.

"여기도 있지."

이웃사촌 차만술도 빠지지 않았다.

"와아……."

꽃을 받아 들고 넋을 놓는 민규. 꽃도 그렇지만 초빛과 정원 때문이었다. 그동안도 소담하고 정감이 어렸던 초빛, 대변신을 거쳤으니 이제는 왕의 정원에 다름 아니었다. 연못가에 완성된 정자와 한강으로 이어지는 원목 구름다리 산책 길. 정원에 깔린 잔디와 조팝나무 물결의 조화가 환상적이었다.

풍경에 취해 강변까지 걸었다. 정원이 끝나는 곳이 강물 앞이었다. 친환경적 난간으로 만든 한강 조망대는 너무 자연스러워 원래 있던 것처럼 보였다. 거기서 돌아보는 초빛이 또 장관이었다. 외관을 궁궐식으로 다듬고 유려한 기와를 올려 품격을 더했다. 재미난 포즈로 고정된 어처구니와 기와에 새겨진 수막새 또한 푸근하기 그지없으니 흰쌀밥에 간장만 비벼놓아도 옛날 밥맛이 절로 날 것 같았다.

"고맙습니다, 장 여사님."

장영순에게 전화 인사부터 챙겼다.

―셰프님의 요리에 비하면 별거 아니죠.

그녀는 공치사조차 하지 않았다.

"이 셰프."

정원에서 기다리던 차만술이 다가왔다.

"요즘 저 때문에 손해 많겠어요. 영업하실 시간에……."

"무슨 소리야. 나 대박 났어."

"대박요?"

"솟대주조에서 오퍼가 들어왔어. 만찬주하고 이번 세해술 출시해 보자고."

"정말요?"

"엊그제 이 셰프가 캐나다에서 돌아왔을 때 입질이 왔어. 처음에는 그런가 보다 했는데 아침에 돈을 싸 들고 왔더라고. 무려 5억이나."

"우와."

"놀라지 말라고. 그 5억은 레시피 선금이고 제품이 나오면 CF까지 맡아달래. 거기 또 5억해서 무려 10억."

"우와, 축하합니다."

"대박이지? 이 셰프에 비하면 조족지혈이지만……."

"아뇨. 이게 끝이 아니잖아요? 사장님도 민속전과 민속주로 단독 만찬 한번 차려야죠. 청와대에서……."

"그거야 언감생심이고……."

"아닙니다. 제가 언제 당선자님께 소개시켜 드리겠습니다.

미리 한번 구상해 두세요."

"이 셰프……."

차만술, 또 콧등이 시큰해진다.

"아무튼 잘됐네요. 차 사장님께 미안한 마음만 가득했는데……."

"그런데 이 거액을 내가 받아도 되는 거야? 이게 이 셰프가 없으면 절대 일어나지 못했을 일인데."

"그 술들은 차 사장님 능력으로 만든 겁니다."

"아니야, 아니야. 나는 내 그릇 알아. 이럴 수는 없어."

"그럼 사장님도 좋은 일 한번 하세요."

"좋은 일? 기부?"

"다는 말고 일부… 폼 나잖아요."

"좋았어. 나도 이 셰프처럼 우리 학교 후배들 좀 챙겨야겠다. 우리 과 1학년부터 4학년까지 다 합치면 120여 명인데 100만 원 정도씩 쫙 쏴주면 되려나?"

"좋죠. 제가 기자들 불러 드려요?"

"No. 나도 이 셰프처럼 몰래……."

"저는 공항에서 커밍아웃 했는데요?"

"그거야 빙산의 일각이지. 나도 나중에 민속주 판매가 대박 나면 그때 추가 기부 하면서 커밍아웃 할게."

차만술은 그 자리에서 은사인 대학교수에게 전화를 걸었다.

"놀랐지? 차 사장님 대박?"

종규가 다가왔다.

"그래, 진짜 잘됐다."

"저건 예고편이고 진짜 놀랄 게 또 있는데."

"또?"

"안으로 들어가 봐."

"안도 확 뒤집었냐?"

민규가 물었다. 외관은 몰라도 실내는 큰 공사 예정이 없었기 때문이다.

"가보면 안다니까."

종규가 등을 밀었다. 내실로 통하는 복도였다. 단아하게 단장된 복도가 민규를 맞았다. 옻칠을 제대로 한 원목을 깔고 벽에는 황토를 발랐다. 결국 실내도 손을 본 것. 아무튼 궁중요리 기분을 더 살려주는 분위기였다.

"굉장한데?"

"마루를 보라는 게 아니야."

종규 손이 복도 중앙을 가리켰다. 거기 낯선 액자가 놓여 있었다. 나무 향에 취해 걸음을 옮기던 민규. 액자 앞에서 호흡이 멈추고 말았다.

"……!"

그림…….

그림이었다.

천명화의 그림이었다.

캐나다의 머큐리 재단에서 본 그 그림. 이 초빛을 매입할 때 승부수로 띄웠던 '신선마을'이 거기 놓여 있었다.

"종규야?"

민규 고개가 벼락처럼 돌아갔다.

"낮에 도착했어. 처음에는 형이 모조품을 주문했나 했는데 보낸 사람이……."

종규가 발송장을 내밀었다. 액자 포장에서 오려낸 발송장. 발송인이 머큐리였다.

'윽.'

"진품이야?"

종규가 물었다. 신선마을은 당연히, 종규도 알고 있었다. 그러나 민규만큼 알 리는 없었다.

"진품… 이다."

민규가 답했다. 척 보고도 알았다. 왜 모를까? 운명처럼 만났던 천명화 화백. 생애 최고의 요리와 생애 최고의 작품을 맞바꾸고 하늘로 간 그 사람. 개업의 계기와 종잣돈 역할을 해준 고마운 그림, 신선마을…….

"편지도 있어."

종규가 봉투를 건네주었다. 드물게 친필로 쓴 영문 편지였다.

Dear LEE,

정중한 격식과 함께 편지가 시작되었다.

이민규 셰프님.

이 그림이 도착할 때쯤이면 당신의 새 레스토랑이 완공되었겠
군요. 한국의 친구들을 통해 당신이 레스토랑을 개조하고 있다는
걸 알았습니다.

새해 정찬은 정말이지 감동이었습니다. 당신의 천지인은 아직
도 내 마음에 에너지 발전소가 되어 힘찬 동력을 만들고 있습니
다. 내 인생 파트너 제프도 고맙다는 인사를 전해달라고 몇 번을
말했는지 모릅니다.

셰프님.

이번 정찬을 계기로 저는 삶의 새로운 전기를 마련한 것 같습
니다. 세상의 식재료는 유한하지만 그 유한한 식재료로도 상상
불허의 요리가 나오듯 또 다른 도전이 필요하다는 것 말입니다.
따라서 그동안 소극적이던 기아와 빈민, 불치병 퇴치에 속도를 올
려볼 생각입니다. 이 또한 셰프님의 요리가 아직 내 안에 뜨겁기
때문입니다. 세포 속 발전기 미토콘드리아들이 아우성을 치고 있
기 때문입니다.

식성(食聖)이니 식신(食神)이니 하며 난다 긴다 하는 셰프들을
만났지만 당신 같은 감동은 처음이었습니다. 포만감과 맛의 향연

을 보여준 셰프는 많았지만 새해 같은 정갈함으로 영혼의 배를 불려준 요리는 다시없을 것만 같습니다. 덕분에 지출이 대폭 늘었지만 보람의 크기는 헤아릴 길이 없습니다. 고백컨대 당신의 요리로 저는, 태생 이후 찌들어오던 영혼의 정화를 마쳤습니다.

초청비를 쾌척한 것으로도 모자라 재단에서 준 배당금까지 한국 어린이들을 위해 기부했다는 소식을 들었습니다. 어련하시겠습니까? 미국으로 돌아온 지금도 당신에 대한 감동이 사라지지 않습니다. 이것은 비단 나만의 생각이 아닙니다. 돌아오는 길에 만난 우리 대통령은 나보다 더 당신의 팬이 되어 있더군요. 다른 많은 명사들 또한 당신 이름 세 자를 인생의 저력으로 간직할 것을 믿어 의심치 않습니다.

그 고마움에 어떤 위로를 줄까 생각하다 문득 캐나다 집무실에서 보았던 당신의 눈빛을 떠올렸습니다. 내가 새로 빠진 그림들 앞이었죠. 특별히 '신선마을'이었던 것으로 기억합니다.

어쩌면 제 착각인지도 모릅니다. 그러나 그 그림의 첫 소유주가 당신이었다니 착각이었다고 해도 행복한 착각이 될 수 있으리란 생각에 당신에게 선물합니다. 개업 선물로 받아주시면 영광이겠습니다. 더도 덜도 아니고 당신을 향한 우정의 표시이니 고맙단 말 없이 간직해 주시면 고맙겠습니다.

당신의 새 친구 머큐리.

머큐리.

시원한 사인과 함께 편지가 끝났다. 콧날이 시큰한 민규. 편지를 든 채 한동안 움직이지 못했다. 신선마을. 이제는 돈으로 쳐도 수십만 불이 될 명화였다. 더구나 화가가 죽었으니 유능한 갤러리를 만나면 열 배, 스무 배 오르는 것도 가능했다. 그런 그림을 보낸 것이다.

'머큐리 회장님······.'

중후한 귀족처럼 격이 높았던 사람이었다. 그랬는데 이렇게 뒤끝까지 좋았다.

[고맙다고 하지 말라니 고맙습니다.]

간단하게 영문 문자를 한 줄 찍었다. 이렇게 큰 선물을 말도 없이 거둘 수는 없는 일이었다. 답문은 다이렉트로 들어왔다.

[:)]

이모티콘 하나였다. 서양 사람들이 스마일의 표시로 주로 사용하는 것. 간결하게 마치는 그의 마음을 알 것 같았다.

"뭐야? 이제 끝?"

종규가 조심스레 물었다.

"그래."

"어떻게 된 거야? 이 그림은 보리밥집 사장님한테 판 거 아니었어?"

"그랬지. 그런데 머큐리 회장님이 천명화 화백님에게 꽂혀서 사들였단다."

"이 그림이 형이랑 관계된 건 어떻게 알고?"

"캐나다 정찬 때 그분의 집무실… 거기 천명화 화백님 그림들이 있었거든. 이 그림도 거기 있었어. 내가 유심히 보던 걸 눈치챘었나 봐."

"허얼, 등골이 오싹해서 지리겠네."

"뭐가?"

"그렇잖아? 이 그림, 천명화 화백님이 난생처음으로 타인에게 선물한 거라며? 절친들에게도 그림 한 점 안 주던 사람이."

"그랬다지?"

"그런데 먼 나라 미국 재벌에게 넘어갔다가 다시 형에게 리턴… 귀신 붙은 거 아니야?"

"붙으면? 난 더 좋은데. 그런 귀신이라면……."

민규가 환하게 웃었다.

"우워어, 형은 그렇겠지만 나는 어쩐지 오싹오싹."

"까불지 말고 잘 치워둬라. 내일 전문가 불러서 어디다 걸어야 습기 같은 거에 문제가 없을지 물어본 다음에 정식으로 전시하자."

"알았어."

"그건 그렇고 식재료 말이야……."

"걱정 마. 내일 예약 분량 확실하게 확보해 두었으니까."

"그게 아니고 오늘은 어떠냐? 몇 사람 모셔도 될까?"

"당연하지. 여벌이라는 게 있잖아. 누구 모시게?"

"전화 때려라. 방경환 지점장님부터……."

"지점장 아니야. 이번에 부행장님이 되셨대."

종규가 말을 끊고 나왔다.

"그래? 잘됐구나. 부행장님 부부 한 테이블, 황창동, 이영자 사장님 부부 한 테이블, 그리고 장영순, 김순애 여사님 한 테이블. 박세가 변재순 진우재 선생님 한 테이블."

"연예인 팀은 안 부르고?"

"연예인?"

"태희 누나부터 설아 누나, 예슬이 누나… 아무도 안 부르면 모를까 개업 전야 초대 손님 줄에 못 끼었다는 걸 알면 조용히 넘어가지 않을 텐데?"

"엔딩퀸 은근 끼워 넣고 싶어서 그러는 건 아니고?"

"헤헷, 그러면 더 좋고."

종규가 얼굴을 붉혔다.

"식재료는 뭐가 넉넉하냐?"

"닭, 투계 개량종… 하지만 궁중칠향계를 만들면 좀 모자랄지도."

"그럼 일부는 다른 요리로 만들면 되지."

"알았어. 그럼 전화할게."

종규가 카운터로 달렸다.

'좋다……'

홀 가운에 선 민규가 풍경에 취했다. 우아하다. 수려하다. 한쪽 벽에 새겨진 수막새 문양이 너무 푸근했다. 민화에서 따온 장식물들도 그렇고 기하로 살려낸 초화 문양도 그랬다. 이제는 그 어떤 만찬장에 비해도 격이 달리지 않을 초빛이었다. 설령 교황이나 미국 대통령이 온다고 해도…….

방경환…….

그 이름을 첫손에 꼽은 건 당연한 일이었다. 그의 배팅이 없었다면 초빛을 차지하기는 어려웠다. 약선요리 대회라는 옵션 또한 기막힌 자극이었다. 민규 안의 능력을 끌어낸 계기가 되었던 것이다. 황 사장과 이 사장 역시 초빛의 공헌자들이었다. 그들이 최상의 식재료와 약재를 공급했기에 요리에만 전념할 수 있었다. 그 고마움을 나누며 또 한 번의 도약을 꿈꾸는 민규였다.

"형, 전부 콜이래."

전화를 마친 종규가 소리쳤다.

당연하지.

민규가 웃었다.

헤이!

새 주방에 서서 조리대와 인사를 했다. 조리대 또한 궁중

주방풍으로 교체가 되었다. 디자인을 살려 개량된 미니 가마
솥이 육수 솥으로 들어오고 조리 기구도 조선시대풍으로 바
뀐 게 많았다. 중세와 근세, 현대가 함께 조화를 이룬 궁중 주
방. 전에는 분위기만 살렸지만 이제는 고증의 위엄까지 엿보
였다.

'시작해 볼까?'

닭을 잡았다.

토톡!

권필의 필살기 우레타공이 작렬했다. 쫄깃하고 탱글한 닭고
기 사이에서 뼈가 쏟아졌다. 오늘의 닭요리는 두 가지. 궁중
황금칠향계와 '그저초계탕'이었다.

그저초계탕.

탕이라면 한 마리로 여러 사람이 즐길 수 있었다. 분량을
맞추기에 딱이었다. 레시피도 간단하다. 그저 몇 가지 더하면
그만이다. 닭을 고을 때 도라지와 박오가리, 오이와 달걀, 식
초 약간을 더하면 끝이다. 박은 보통 두 가지가 있다. 단맛이
나는 첨호와 쓴맛이 나는 고호가 그것이다. 단박은 갈증을
멈추게 하고 소장을 튼튼하게 한다. 쓴박은 팔다리와 얼굴 부
종에 좋다. 도라지와 박오가리, 달걀은 궁합이 맞는 음식이다.
그렇기에 화양적 같은 경우에도 이들의 조합이 빠지지 않았
다.

"어이쿠."

요리를 받아 든 방경환 부행장 부부의 입이 벌어졌다. 궁중 황금칠향계 때문이었다. 투계의 유전자를 받은 칠향계는 못 견디게 쫄깃거렸다. 초자연수와 함께 민규의 정성이 가득 담긴 칠향계. 살구씨를 빻아 넣고 갈잎을 이용해 야들거리기까지 했다. 그러나 부부는 이미 먹어본 적이 있었으니 그것 때문에 뒤집어진 건 아니었다.

이유는 계란 때문이었다. 우레타공의 칼질로 반으로 가른 계란. 젓가락을 대니 톡 하고 벌어졌다. 안에서 나온 건 계란이 아니라 녹말알이었다. 하늘거리는 녹말막에 겹겹이 싸인 알. 노른자 크기의 그것은 신선의 알처럼 신기해 보였다.

"이거……."

적토미로 만든 알 앞에서 둘은 어쩔 줄을 몰랐다. 레오폴트의 기고를 읽은 까닭이었다.

"새는 알을 깨고 나온다죠. 제 첫 알을 깨주신 분입니다. 덕분에 많은 축복과 사랑을 받아 반듯한 요릿집이 되었으니 여기서 만족하지 않고 더 새로운 세계에 도전할 수 있도록 응원해 달라는 뜻입니다."

민규가 의미를 설명했다.

톡!

화악!

붉은 알을 입에 넣고 깨문 부부, 표정이 똑같이 변했다. 아침 햇살을 먹은 그 표정이었다.

"이 셰프를 만난 건 내 생에도 큰 행운이었다오. 덕분에 은행 간부들에게도 인기 많이 끌었고……."

방경환이 웃었다.

"새집에서 초대박 나세요. 하지만 말은 이렇게 하면서도 너무 대박 나면 우리가 못 올까 봐 겁도 좀 난답니다."

사모님도 웃었다. 처음 궁중붕어찜을 위한 출장길에서 만났던 사모님. 그 까칠하던 모습은 찾을 길이 없었다. 가는 길에 꽃다식송편을 포장해 드렸다. 재개업에 떡이 빠지면 모양이 나지 않는 법. 시간이 달려 다식판을 이용했는데 너무 곱게 나와 찬사를 받았다.

"선녀들이 먹는 떡 같아요."

사모님은 어쩔 줄을 몰랐다.

황창동, 이영자 사장 부부는 한결같이 눈물을 글썽거렸다. 둘은 민규와 상부상조의 길을 걸어왔다. 민규에게 약재와 식재를 대주는 거래상이라는 게 밝혀지면서 특급 프리미엄도 누렸다. 덕분에 거래처도 많아졌고 그들의 신용도는 상한가를 치고 있었다. 그런 차에 매번 챙겨주니 고맙기 그지없는 것이다.

"내일 절대 화환 같은 거 보내지 마세요. 그럼 바로 거래처 바꿉니다."

냅킨을 내주며 못을 박았다. 식사 중에 개업 화환 얘기가 나온 까닭이었다.

"어우, 그럼 섭섭해서 어떡해? 우리 이 셰프 재개업인데?"

이영자가 아쉬움을 토로했다.

"두 분이 직접 오셨잖아요? 이보다 더 좋은 화환이 어디 있겠어요?"

한 번 더 강조하며 술을 따라주었다. 차만술에게 얻어 온 세해술이었다. 독하지 않으니 술 즐기지 않는 두 사람에게도 맞춤했다.

박세가와 변재순, 진우재를 묶어 한턱을 내고 장영순과 김순애를 맞았다.

"어머!"

천명화의 그림을 본 김순애가 소스라쳤다. 거의 기절 직전이었다.

"세상에… 이 그림이 그렇게 되었단 말이죠?"

머큐리가 보내준 사연을 말하자 김순애가 눈물지었다.

"애가 아마 셰프님 요리에 제대로 반했었나 봐요. 그래서 죽기 전에도 그렇게 인연이 닿았고… 죽고 난 후에도 셰프님 요리 먹으려고 돌아왔나 보네요."

김순애가 액자를 쓰다듬었다. 눈시울 붉히는 장영순을 모른 척하고 주방으로 돌아왔다. 두 사람에게는 정갈한 그저초계탕을 내주었다.

"그저초계탕… 이름이 재미나요."

맛을 본 장영순이 웃었다.

"그래요. 이 요리 이름처럼 그저 지금처럼만 이 셰프님하고 친하면 좋겠어요. 덕분에 이 세상의 호사는 다 누려보네요. 세계 명사들과 함께 새해 첫 식사도 해보고, 시골 촌년이 대통령도 당선시켜 보고……."

김순애는 국물까지 다 비워냈다.

식사 후에 장영순, 김순애와 함께 새 정원을 한 바퀴 돌았다.

"셰프님이 좋아하시니 정말 좋네요."

장영순의 소감이었다.

"이렇게 멋진 선물에 걸맞은 요리를 할 수 있도록 늘 노력하겠습니다. 왕을 받드는 숙수의 마음으로요."

민규도 다짐으로 맞불을 놓았다.

"이제 드리세요."

강변에서 김순애가 장영순의 옆구리를 찔렀다.

"아니에요. 이건 아무래도 김 여사가……."

둘이 토닥거리던 끝에 흰 카드 봉투가 민규에게 넘어왔다. 주용길이 친필로 쓴 대통령 취임식 초대장이었다.

"여사님……."

"당선자님 뜻이에요. 셰프님이 안 오시면 식 거행 안 한다니까 바쁘더라도 꼭 와주세요."

"제가 낄 자리가 되겠습니까?"

"당선자님이 말씀하셨어요. 국가 원로와 삼부 요인들, 해외

귀빈도 많지만 그분 마음속 넘버원 초청자는 셰프님이라고
요."

"……."

"오실 거죠? 확답을 받아 오라고 신신당부를 하셨어요."

"그렇다면 가야죠."

"옵션이 있어요."

"옵션요?"

"드레스 코드인데 불편하시더라도 숙수복을 부탁하셨어요.
누가 봐도 이 셰프님이 왔다는 걸 보여주고 싶고… 이 정부에
서 한길을 가는 장인들을 우대한다는 상징에다 요리사들의
위상도 높아질 수 있다고……."

"그렇게 하죠."

민규가 답했다. 괜스레 가슴이 뜨거워지는 순간이었다.

재개업 전야의 마무리는 연예인 사단이 맡았다. 우태희와
홍설아의 오지랖 때문이었다. 연예계 인맥을 자랑하는 그녀들
이 온갖 스타들을 다 대동하고 온 것이다.

문제도 생겼다. 그녀들이 바리바리 안고 온 화환과 꽃다발
때문이었다.

"축하해요!"

미녀들의 합창이 이어졌다. 그 앞의 민규 표정은 살짝 굳어
있었다.

"사람 꽃은 대환영이고 진짜 꽃은 사양입니다."

"셰프님."

미녀들이 울상이 되었다.

"제가 화환 사절한다고 홈페이지하고 블로그에 올려두었거든요. 마음은 고맙지만 생각해 보세요. 여러분 것을 받으면 다른 사람들 것도 받아야 하고 그렇게 되면 당분간 우리 가게에 사람 발 디딜 틈 없어집니다."

"……."

"흐으음!"

미녀들이 발을 구를 때 민규가 모든 꽃의 향을 맡았다.

"이러면 됐죠? 접수한 거니까 차에 싣고 가세요."

민규가 차를 가리켰다. 미녀들은 그 명령에 따를 수밖에 없었다.

"와아아!"

"우와아!"

미녀들의 탄성이 초빛을 울렸다. 새 정원과 새 정자, 새 산책 길… 모두가 마음에 드는 그녀들이었다. 하지만 딱 한 사람, 인상을 구기는 인물이 있었다. 종규였다. 엔딩퀸 때문이었다. 다른 스타들에 비해 커리어가 달리니 잔심부름을 도맡고 있었다. 그게 못마땅한 것이다.

"이봐요. 엔딩퀸 멤버들!"

민규가 멤버들을 불렀다.

"미안하지만 주방 일 좀 도와줄래요?"

종규 마음을 대신해 호출을 했다. 비로소 선배들의 위엄에서 벗어나는 엔딩퀸이었다. 종규 얼굴이 바로 밝아졌다. 민세라를 옆에 끼고 설명하고 가르치느라 싱글벙글이다.

짜식…….

저렇게 좋을까?

그래 실컷 누려라. 오늘 같은 날 안 누리면 언제 누릴래?

민규는 모른 척 요리에 집중했다.

재개업의 아침은 살짝 피곤하게 일어났다. 연예인들이 늦게까지 달린 탓이었다. 특히 우태희가 그랬다. 작심하고 마신 술이 과했다. 정화수와 지장수로 연신 해독을 시켜도 감당이 되지 않았다. 그렇다고 불상사는 없었다. 너무 취한 나머지 민규 이마에 키스를 퍼부은 것 외에는…….

"세라야……."

종규는 아직 한밤이다. 어젯밤 민세라와 친구 먹기로 하더니 그 꿈을 꾸는 모양이었다.

빵빵!

입구에서 경적이 울렸다. 그 소리에 종규가 일어났다.

"으악, 벌써 이렇게 됐어?"

시계를 보더니 허둥지둥 일어나는 종규. 민규가 옷을 던져주었다. 입구로 나가자 작은 트럭이 보였다. 화환이었다. 충분히 안내를 했지만 각오한 일이었다. 그렇기에 입구도 살짝 막아두었던 것.

"아저씨, 화환 안 받아요. 미안하지만 그냥 가져가세요."

민규가 기사에게 말했다.

"어, 이건 안 되는데?"

기사가 울상을 지었다.

"안 되긴요. 우리는… 응?"

화환을 보던 민규 안구에 지진이 일었다. 화환에 쓰인 글귀 때문이었다.

[대통령 OOO]

"……!"

"형……."

뒤따라 나온 종규도 사태를 알았다. 현직 대통령이 보낸 화환이었다. 그 뒤로 또 하나의 화환이 도착했다. 엎친 데 덮치니 이번에는…….

[대통령 당선자 주용길]

"푸헐!"

종규가 휘청거렸다. 현직 대통령과 새 대통령 당선자. 두 화환이 동시에 도착한 것. 둘 다 민규와 각별했다. 대통령 체면

이 있으니 화환을 돌려보내기도 난감했다. 그래도 민규는 초지일관으로 나갔다. 저만치에서 줄지어 들어오는 트럭들 때문이었다.

"찍어라."

트럭의 화환 앞에서 종규를 바라보았다. 그런 다음 가운데 꽃 한 송이만 뽑아 간직하고 가차 없이 말했다.

"돌아가세요."

두 차 뒤로 도열한 꽃 배달 차량만 해도 30여 대. 다들 찍소리 못 하고 돌아설 수밖에 없었다. 무려 대통령의 화환도 뺑끼를 맞는 상황. 다른 화환이야 두말할 필요도 없었다.

*　　　　*　　　　*

"조 셰프님!"

차량이 멈추자 민규가 손을 흔들었다. 재개업의 첫 축제에 초대받은 손님들이 우르르 몰려나왔다. 재잘재잘, 소리부터 정답다. 손님들은 모두 유아원과 유치원 아이들이었다. 아이들의 인솔자는 바로 조병서 셰프였다. 식의감에서 민규 편이었던 그 셰프……

"이 셰프님."

조병서가 다가와 악수를 청했다.

"셰프님이라뇨? 전처럼 편하게 부르세요."

"아이고, 그럼 안 되죠. 그때야 멋모를 시절이었고 이제는 대한민국 간판, 아니, 세계적인 반열의 셰프신데……."

"에이, 놀리실 거예요?"

"절대, 이건 내가 아니라 전문가들이 인정하는 일이잖아요."

"흐음, 괜히 초대한 거 같네……."

민규가 슬쩍 변죽을 울렸다.

"아이고, 이거 내가 이 셰프님 기분을 잘못 건드렸나? 그럼 우리 애들 초대한 거 취소되는 겁니까?"

조병서가 너스레로 분위기를 맞춰왔다.

"그러니까 전처럼, 알았죠?"

"알았어. 알았다고."

"일단 아이들부터 착석시키시죠?"

"그래야겠지?"

대답을 한 조병서가 앞으로 나섰다.

"여러분, 여기가 어디라고요?"

"대한민국 최고 셰프님의 요릿집이오!"

아이들이 깡충깡충 발을 구르며 소리를 질렀다.

"오늘 여기 뭐 하러 왔다고요?"

"편식 고치러 왔어요."

"누가 고쳐준다고요?"

"이민규 셰프님요."

"자, 알았으면 차례차례 테이블에 앉으세요. 한 테이블에 세

명씩입니다."

조병서가 테이블을 가리켰다. 지원을 나온 인솔 교사들이 아이들의 착석을 도와주었다.

"사업은 어때요?"

착석이 끝나자 민규가 조병서에게 물었다.

"덕분에 이제 자리 좀 잡을 거 같아. 그동안은 나 사장의 방해가 심해서⋯⋯."

조병서가 얼굴을 붉혔다.

조병서 셰프.

민규 덕분에 손목의 근육병이 나았다. 식의감을 나와 새 일터를 찾았다. 괜찮은 자리를 찾는 건 쉽지 않았다. 배운 게 도둑질이라고 편식 사업을 돌아보았다. 나선태는 그저 요령으로, 셰프들 일당 등쳐먹는 사업가. 제대로만 하면 요리의 취지에도, 아이들에게도 좋은 사업이 될 것 같았다.

나선태와 트러블을 일으키고 그만둔 요리사 두 명을 데리고 동종 업종으로 창업을 했다. 나선태가 출장 수당을 잘라먹은 요리사들이었다. 이래저래 나선태에게 미운털이 되었다. 그렇잖아도 뒤끝 작렬하는 나선태. 조병서가 들어가는 유치원에는 무료 편식 교정으로, 요양원 또한 무료 시범식으로 저격질을 하며 괴롭혔다.

민규가 그걸 안 건 통화 때였다. 오랜만에 조병서의 안부를 체크하던 민규. 그 사연을 듣고는 궁리하고 있었다. 나선태에게 한 방 제대로 먹여줄 일을……

그런 차에 재개업과 맞물려 초대를 했다. 아이들이 100여 명이었으니 대규모였다. 서울 유치원 협회 팔방미인 양미순 원장의 도움도 받았다. 나선태도 손을 들고 간 문제 편식아들. 그들을 중심으로 선발해 왔으니 나선태에 대한 정면 도발이었다.

잠시 후 양미순 원장 일행이 도착했다. 그녀와 친목회를 가지는 원장 30여 명이었다. 유치원이나 유아원은 소문이 빠르다. 팩트에 이어 정보 확산까지 노린 민규였다.

"종규야."

민규가 동생을 불렀다.

"준비 완료!"

주방 쪽에서 민규가 대답했다.

"가서서 옷 갈아입으시죠."

민규가 조병서를 바라보았다. 요리는 민규와 조병서가 함께하기로 했다. 그래야 조병서가 뜰 수 있기 때문이었다.

"알바들 출격시켜라."

주방에 자리를 잡으며 지시를 내렸다. 알바는 차만술 학교의 재학생들이었다. 어제 전 학년 장학금 쾌척의 소식을 들은 학과장님, 뭐 도와줄 건 없냐고 차만술에게 물었다. 그때 결정된 일이었다. 다들 고마움에 달려와 주었지만 민규는 알바비 봉투부터 챙겨주었다. 열정 페이는 기성세대의 착취 수단에 불과하다. 당연히 지급해야 할 돈이었다.

"우와!"

뜻밖의 돈을 받아 든 학생들은 사기가 충천했다. 다른 알바비보다도 2배가량 많았던 것. 의상 같은 건 특별히 맞추지 않았다. 청바지에 흰색 계열의 티셔츠로 통일하고 오방색 토시를 채워주니 일일 행사 요원으로는 부족하지 않았다.

초자연수는 요수를 내주었다. 다만 체기가 있는 세 아이에게는 생숙탕이었고, 변비가 있는 아이에게는 한천수를 주었다. 원장님들에게도 요수와 추로수를 섞어 점수를 따고 들어갔다.

"시작할까요?"

민규가 조병서를 바라보았다.

"오케이."

답이 나오자 민규가 앞서 걸었다.

"여러분!"

아이들의 시선이 쏠렸다.

"지금부터 홍팀, 청팀, 백팀으로 나눠서 꽃다식송편 만들기 대결을 벌일 겁니다. 다들 자신 있나요?"

"네에!"

아이들의 대답이 정원을 흔들었다.

"좋아요. 그럼 이쪽 테이블은 저와 편을 먹고 저쪽 편은 조셰프님과 편입니다. 나머지 원장 선생님과 인솔 교사 선생님들은 우리 부셰프와 편을 먹으면 되겠습니다."

"네에!"

"요리는 맛있고 예쁜 꽃다식송편 만들기입니다. 더 예쁘게 만든 팀, 남기지 않고 다 먹은 팀에게 맛난 상품이 있습니다. 잘할 수 있죠?"

"네에!"

"그럼 차례차례 일어나서 손을 씻고 옵니다. 실시!"

"와아아!"

아이들이 구름처럼 몰려 나갔다. 그사이에 종규가 지휘하는 알바들이 꽃다식송편 만들 준비를 갖춰놓았다. 다식판을 이용한 송편은 초보자들에게 알맞다. 물론, 민규가 노리는 건 따로 있었다. 놀이를 통해 식재료와의 친근감을 높여 편식 장벽을 허물려는 것. 그렇기에 준비한 것도 아이들의 편식 1순위로 꼽히는 시금치가루와 당근가루, 쑥가루, 단호박, 토마토즙 등이었다. 이 재료들을 익반죽할 때 넣으면 때깔까지 고와지니 일석이조가 될 수 있었다.

"홍팀!"

민규가 분위기를 띄웠다.

"네에!"

"우리가 1등 해야겠죠?"

"네에!"

"잘할 수 있죠?"

"네에!"

아이들은 자동이었다. 여기가 어딘가? 무려 대한민국 궁중요리의 요람이 되어버린 '초빛'이었다. 초청자로 선정된 유치원 원장들, 이미 학부모들에게 알려 목에 힘 좀 주었다.

"편식 교정을 위해 초빛으로 가게 되었어요. 비용은 무료입니다."

초빛.

민규가 셰프로 있는 그 초빛이었다.

엄마들은 열광했다. 아이를 끼고 열 번 스무 번 세뇌를 시켰다.

"초빛은 굉장한 곳이야."

"대통령이나 세계에서 제일 유명한 사람들의 요리를 해주는 셰프님이 있는 곳."

"거기 요리는 특별하니까 실컷 먹고 와. 집에서처럼 음식 가리면 절대 안 돼."

친구들의 마음도 같았다.

"우왕, 너는 좋겠다."

"나도 가고 싶어."

"거기 요리가 너무 맛있다던데……."

그러니 아이들 마음은 이미 구름 위에 둥실 떠 있었다.

"1등은 우리가 해야겠죠?"

조병서도 지지 않았다.

"네에!"

"우리가 1등 해서 상 받아 가기로 해요."

"네에!"

엄청난 호응과 함께 꽃다식송편 요리가 시작되었다. 언제 왔는지 방송국 카메라들이 분주하게 움직였다. 천진난만한 이 아이들은 반죽을 하다가도 카메라를 향해 앙증맞은 V를 잊지 않았다. 떡 반죽이 볼에 묻은 아이가 잡히고, 땀을 뻘뻘 흘리는 아이가 잡혔다. 화면 하나하나가 꽃다식송편 못지않은 그림이었다.

오물오물.

조물조물.

삐질삐질.

여러 풍경과 함께 송편이 나왔다. 15분의 여정으로 찜통으로 들어갔다. 그사이에 아이들은 손을 씻고 얼음물과 참기름을 준비했다.

5, 4, 3, 2······.

"1!"

함성과 함께 찜통이 열렸다.

"와아!"

송편이 나오자 아이들의 환호가 화산을 이루었다. 얼음물에 들어간 송편들은 참기름을 발라 접시에 놓았다.

더러는 옆구리가 터지고 또 더러는 소가 삐져나온 것도 있지만 상관없었다. 시금치와 쑥의 녹색과 당근의 주황색, 단호박의 노랑색, 토마토의 빨간색이 섞이니 그대로 꽃의 정원이 된 것이다.

"와아아!"

아이들은 또 껑충껑충 뛰었다. 이래도 좋고 저래도 좋은 아이들이었다.

"자, 이제 시식합니다. 송편 한 입에 차 한 모금, 알았죠?"

민규가 외쳤다. 차는 새콤달콤한 맛으로 맞춘 산사맥아차였다. 체한 걸 내리거나 소화를 돕는 구성이니 혹시 모를 체기도 막을 수 있었다.

냠냠얌.

오물오물.

잘도 먹는다.

편식아, 너 어디 갔니?

민규 눈에 들어온 풍경이었다. 송편을 가리는 아이는 단 한 명도 없었다. 놀이에 더불어 식재료의 모양 감추기. 둘은 편식 교정의 기본이었으니 지켜보는 원장님들 눈이 휘둥그레졌다. 그녀들도 식재료의 정체를 아는 까닭이었다.

"여러분, 방금 먹은 송편에 들어간 식재료가 뭔지 아는 어린이?"

민규의 디테일이 시작되었다.

"쌀이요."

"쑥 냄새가 났어요."

"파란 건 나물이 들어갔나 봐요."

"시금치도 있어요."

100여 명의 아이들. 여기저기서 한마디씩 나오니 식재료의 정체가 밝혀졌다. 기다리던 종규가 송편에 쓰인 식재료 원형을 공개했다.

"우와!"

아이들이 자지러졌다. 자신도 모르게 먹어버린 편식 재료들… 그들이 몸서리를 치던 것들이었다. 그러나 한번 넘어섰다. 이미 넘은 장벽은 더 이상 장벽이 아니었다.

"주스에 도전해 볼 어린이?"

민규가 본격 도발에 나섰다. 아이들이 손을 들었다. 즉석에서 당근주스와 토마토주스를 갈아주었다. 심지어는 쑥주스까지 도전하는 아이도 있었다. 분위기는 제대로 무르익고 있었다.

—메추리 노른자를 얹은 연잎 알밥.

—일곱 가지 채소로 속을 채운 궁중칠향계.

—새우소를 넣은 약선소방.

—궁중우병.

—약선외화채.

—궁중소합병.

—약선석류병.

메인 메뉴가 나왔다. 아이들의 함성이 강물까지 울려 퍼졌다. 연잎 알밥은 딱 한 입 거리였다. 어린 연잎 위에 올라앉은 밥알. 밥에 들어간 건 갓 짜낸 참기름 세 방울에 참깨, 그리고 씨간장소스. 그 위에 메추리 노른자를 올려놓으니 귀요미의 끝판왕이 되었다.

"우와!"

"와아!"

아이들 입에서 맛김이 절로 나왔다. 조금 많은 양을 받아 든 원장님들도 다르지 않았다. 한 숟가락 아니면 두 숟가락이지만 몸을 나른하게 만드는 감칠맛이 죽음이었다.

칠향계는 본시 묵은 암탉에 삶은 도라지, 생강, 파, 천초 등의 일곱 가지를 채우는 요리. 이 또한 아이들의 편식 교정을 위해 방울토마토, 당근, 호박, 가지, 연자, 산약 등으로 채워 넣었다. 원방과 같은 건 도라지뿐이었다. 산약과 연자는 두뇌 활동을 돕는다. 기억력을 강화하는 동시에 심장과 비장을 보하니 아이들에게 좋았다. 아이들은 황금 코팅에서부터 홀려 버렸다.

"금닭이에요."

"금닭을 먹으면 머리가 좋아질 것 같아요."

아이들이 입을 모았다.

새우 살이 투명하게 비치는 약선소방의 인기도 하늘을 찌른다. 거기 슬쩍 끼워 넣은 우병과 외화채 역시 편식 교정의 용사들. 우병은 토란이 주재료니 아이들이 싫어하기는 시금치 못지않았다. 시원한 외화채는 오이가 주재료다. 새콤달콤한 보리수즙을 더해놓아 아이들의 인기를 끌었다.

마무리 석류병 또한 압권이었다. 새우만두소방과 찰떡궁합이었다. 석류의 고운 빛을 고스란히 녹여내고 석류 모양으로 빚어놓으니 맛은 물론이고 자태까지 인기 만점. 석류병의 포인트는 기름이다. 온도가 너무 높으면 찹쌀이 부풀어 올라 석류 모양이 엉망이 되기 때문. 그 접점을 잘 다스렸으니 모양도 맛도 최고였다.

"여러분!"

식사가 끝나자 민규가 주의를 끌었다.

"네에!"

"맛나게 먹었어요?"

"네에!"

"이제 음식 안 가리고 잘 먹을 자신 있어요?"

"네에!"

"그럼 선생님하고 약속!"

민규가 손을 내밀자 아이들이 구름처럼 몰려들었다. 아이들에게는 중요한 과정이다. 아이들도 자기가 약속한 건 지키려는 마음이 있기 때문이었다.

1등 팀에게는 석류병 포장을.

2등 팀에게는 꽃다식송편을.

원장님들에게는 오색웃기떡 상자를 안겨주었다.

"이 셰프, 고마워."

옷을 갈아입은 조병서가 감사를 전해왔다.

"나 사장님이 문제 되면 또 오세요. 까짓것 한판 더 벌이죠 뭐."

"아니야. 이 정도면 됐어. 나머지는 내가 열심히 해서 한번 넘어볼게. 이 셰프 요리 기다리는 사람이 한둘도 아닌데……."

"셰프님은 잘할 거예요."

"그럼 또 봐."

조병서가 차량에 올랐다. 유치원 차량과 원장들의 차량이 줄줄이 빠져나갔다.

"민규야."

"이 셰프."

그제야 이모 부부가 모습을 드러냈다. 온 지 꽤 되었지만 민규 바쁜 걸 알아 숨을 죽이고 있던 부부였다.

"언제 오셨어요?"

"방금."

"방금이 아닌 거 같은데……."

"그게 무슨 상관이냐? 가게… 너무 좋다……."

이모 눈에 눈물이 글썽거렸다.

"그만 감동하고 이리 오세요."

두 사람을 테이블로 모셨다. 다음 예약이 있으므로 서둘러

요리를 챙겨주었다. 정성스러운 궁중골동반과 규방, 약선산야 초초밥 등이었다.

"차린 거 없지만 많이 드시고, 언제 월요일에 오세요. 그때 제대로 한 상 올리겠습니다."

민규가 말했다. 마음 같아서는 왕의 7첩반상에 황금칠향계라도 내고 싶지만 시간이 넉넉지 않았다.

"무슨 소리야? 이것만 해도 황송하구만. 바쁜데 어여 일 봐. 우리 신경 쓰지 말고."

이모가 민규 등을 밀었다. 그래도 기꺼이 후식까지 준비하는 민규. 바쁘면 조금 더 움직이면 될 일이었다. 식사를 마친 이모 부부가 일어섰다.

"서울 호텔에 계약 건이 있어서……."

이모부가 웃었다. 반은 맞고 반은 꾸며낸 말이었다.

"언제 한번 내려갈게요."

인사와 함께 두 사람을 보냈다. 아쉽지만 기분은 좋았다.

"자, 이제 2차 손님들 모셔야지?"

민규가 다시 긴장의 끈을 졸라맸다. 이번 손님들은 아이들보다도 각별히 모셔야 하는 사람들이었다. 고관대작이거나 부호들이라서가 아니었다. 그들은…….

"……!"

준비를 하던 알바생들이 소스라쳤다. 이 각별한 손님들은 30쌍의 임산부 부부였다. 길두홍 박사와 이규태 박사의 병원, 나아가 그분들의 동료 의사들이 추천한 임산부와 남편들……

출산율이 떨어지는 대한민국. 미래의 걱정이 아닐 수 없었다. 그런 차에 임신을 한 사람들. 한 사람이라도 알뜰하게 보살피고 걱정을 덜어주려는 의도였다. 동시에 태아들에게도 약선요리나 궁중요리의 맛을 보여주려는 생각도 있었다. 태아도 요리를 먹는다. 엄마를 통해서…….

"헤이, 부셰프님들."

민규 목소리에 힘이 들어갔다.

"네, 셰프님."

"정신 바짝 차려. 아이들 요리보다도 세심하게 준비해야 하니까."

민규가 주의를 환기시켰다. 임산부들의 질병은 제각각. 그 하나하나의 애로를 해소해 주려면 정확한 약선이 필요했다. 무엇 하나 잘못 들어가면 대형 사고가 날 수 있는 게 바로 임산부들이었으니 긴장감도 100%로 높아지고 있었다.

─음식에 가장 좋은 양념은 공복이고, 마실 것에 가장 좋은 향료는 갈증이다.

소크라테스…….

그도 슈퍼 테이스터, 즉 미식가였을까? 그가 남긴 명언은 오랜 세월이 흘러도 진리에 속했다. 임산부 부부가 그랬다. 민규의 요리를 먹을 기대감에 아침을 건너뛰거나 입맛만 다신 사람들. 그렇기에 그들의 밥통은 제대로 비어 있었다.

"어서 오세요."

민규가 그들을 맞았다. 30쌍의 부부들은 각자의 교통수단을 통해 도착했다. 자가용도 있고 택시도 있었다. 하지만 그들의 배만은 한결같이 자랑스러웠다. 새 생명이 자라는 것이다.

초자연수부터 내주었다. 시작은 지장수였다. 몸에 쌓인 독소 청소가 우선이었다. 속이 답답한 것까지 풀어주니 몸이 가뜬해졌다. 다음으로 열탕이 출격했다. 그걸 넘겨주고 산책을 시켰다. 임산부는 걸으면 좋다. 더구나 수려해진 민규의 정원이었다.

"와아!"

그녀들은, 연못에 감탄하고 목가적인 풍경이 펼쳐지는 정원에 감탄했다. 정원은 결코 위세를 떨치지 않았다. 그렇게 걷다 보면 강변에 닿았다. 소살소살 속삭이며 흘러가는 강물 소리도 태교에 그만이었다.

"구경들 잘 하셨나요?"

산책이 끝나자 민규가 물었다.

"네!"

임산부들이 대답했다. 남편들은 그녀들의 옆에서 집중하고 있었다.

"특별히 신청하고 싶은 메뉴가 있는 분요?"

민규가 주문 접수에 들어갔다. 알아서 해줄 수 있지만 그게 또 달랐다. 사람의 마음까지 다스릴 수는 없는 까닭이었다.

"저는 7첩반상을 먹고 싶어요."

두 번째 테이블에서 첫 신청이 나왔다. 정조의 7첩 반상이라면 밥에, 배춧국, 장, 김치, 육회, 구이, 숭어잡장 등으로 구성된다. 하지만 그녀의 체질과 어울리는 구성이 아니었다.

"우리 아이에게 왕의 수라를 먹이고 싶어서요."

그녀가 얼굴을 붉혔다.

민규의 초빛.

아무나 막 올 수 있는 곳이 아니었다. 그런데 그 행운을 태아에게 양보하는 모성. 그게 어머니였다.

"알겠습니다."

그대로 접수했다. 모성만큼은 민규도 함부로 넘볼 수 없는 영역이었다.

"저는 궁중골동반을 먹고 싶어요."

두 번째 신청도 접수되었다.

"저는요……."

세 번째 신청은 긴 망설임 끝에 나왔다.

"고소한 지방을 배가 터지게 먹고 싶은데 괜찮을까요? 병원에서도 어머님도 다 말리고 있는데 이상하게 그게……."

땡겨요.

임산부의 희망이었다.

"먹으세요. 해드리죠."

민규의 대답은 간단하게 나왔다.

"셰프님."

남편이 눈을 동그랗게 뜨며 되물었다. 몸 관리를 하는 임산부들이다. 보통 사람도 지방을 과식해서 좋을 일이 없는 세상. 그런데 국대급 약선요리사로 불리는 민규가 두말없이 콜을 해버린 것이다.

"입덧 때문에 그렇죠?"

민규가 정곡을 찌르고 들어갔다.

"예……."

"제가 보니 몸이 좀 허약하세요. 이럴 때 입덧이 심해지면 오장육부가 원하는 어느 한 가지를 집중해서 먹으려고 합니다. 그걸 마음껏 먹으면 입덧 치료가 됩니다. 음식은 입덧 나은 다음에 조절하시면 돼요."

"하지만 의사는 과식하면 안 된다고……."

"제가 소화되는 약수를 드릴 테니 걱정 마세요."

"아!"

부부 표정이 밝아졌다. 근거를 들이대고 해결책을 주니 의문이 풀린 것이다. 주문의 마지막은 표정이 어두운 부부였다. 그럴 만한 이유가 있었다.

'태동…….'

체질창 리딩으로 원인을 알았다. 임산부의 허리와 하복부에 낀 혼탁 때문이었다. 출혈 같았다. 임산부는 생리를 하지 않는다. 그러니 이 출혈은 간단한 문제가 아니었다.

"저는 갑자기 몸이 나빠졌어요. 병원에서는 유산의 위험까지 경고하는데 이것도 어렵게 된 임신이라……."

임산부가 울상이다. 자기 몸 아픈데도 걱정은 태아 쪽이다.

"좋은 약선을 맞춰보겠습니다."

그녀를 안심시키고 주문을 정리했다.

"그럼 여러분, 일단 이분 식사부터 준비하고 다른 분들은 그다음에 내드리겠습니다. 이분이 입덧이 심하기 때문에 먼저 고쳐 드리지 않으면 여러분이 식사하실 때 입덧을 하실 수 있거든요."

"그렇게 하세요."

동병상련의 임산부들. 조금 더 불편한 입덧 임산부를 우선하겠다는 데에야 반론을 제기하지 않았다.

"식재료 준비하자."

민규 지시가 떨어졌다. 주방으로 향하기 전에 태동 임산부의 남편을 불렀다. 그가 원인이기 때문이었다.

"예?"

그의 눈이 휘둥그레졌다.

"임신 중의 섹스 말입니다. 아이를 낳을 때까지는 삼가셔야겠습니다."

"……."

"임산부의 하혈은 임신 중 성관계로 생겼습니다. 원래 몸이 약하던 터에 임신 중의 섹스가 무리가 되었던 것 같습니다."

"……."

"하혈에 배도 아프고 허리까지 아프니 유산의 징조입니다. 제가 오늘 약선으로 다스려 보겠지만 남편분께서 협조하지 않으시면 다시 재발할 수 있기에 드리는 말씀입니다."

"알겠습니다. 제가 섹스에 좀 과격한 편이라… 출산 때까지 절대 금욕 할 테니 꼭 좀 부탁드립니다. 우리 부부, 진짜 아기 갖고 싶거든요."

남편은 몇 번이고 다짐을 놓았다.

"형, 감자 검수 좀."

주방에 들어서자 종규가 감자를 내밀었다. 오늘의 첫 약선이 될 감자였다.

"싹 있는 건 치우고 껍질 상하지 않도록 부드럽게 닦아서 즙만 짜내라. 딱 세 개면 돼."

민규가 감자를 골라주었다. 단단하면서도 즙이 많은 텃밭 감자였다. 감자즙은 위장병에 좋다. 특히 체한 듯하면서 속이 답답하고 뜨거운 느낌일 때 효과적이다. 2~3개 정도 껍질째 강판에 갈아 즙을 마시면 된다. 다만 싹 부위는 철저히 도려내야 한다. 싹에 있는 독성 때문이다. 껍질을 먹는 건 껍질 부위에 영양소가 많기 때문. 부드럽게 갈아낸 감자즙은 맑은 흙

빛이 났다.

"물처럼 마시세요."

위가 불편한 임산부에게 감자즙을 주었다. 이건 초자연수도 필요 없다. 그저 좋은 감자를 정성껏 갈아내면 그만. 더구나 감자가 몸에 좋은 삼초형 체질의 임산부였으니 가릴 것도 없었다.

"어머!"

감자즙을 마신 임산부가 남편을 바라보았다.

"왜? 안 좋아?"

"아니, 속이 너무 편해. 은근하게 뜨겁던 느낌이 사라지고 거북하던 것도 편안해."

"정말?"

"뭔가 얹힌 듯한 느낌도 내려간 기분이고… 어쩜……."

"와아!"

임산부들에게서 박수가 나왔다. 체할 때 쓰는 혈자리를 자극해도 소용이 없던 임산부. 한 방에 고민이 가신 것이다. 민규에게는 산뜻한 첫출발이었다.

다닥다닥!

요리가 시작되었다. 도마 위에 놓인 건 양의 콩팥. 유려한 칼질로 주변의 기름 막을 떼어냈다. 첫 요리의 주재료는 이 기름 막이었다.

이 기름은 다른 기름과 달리 고소함의 극치였다. 그것으로도 모자라 팜유를 더했다. 팜유는 불포화지방산의 양을 증폭시키며 고기 맛을 올려주는 촉매. 최적의 칼질을 넣은 양갈비에 이 기름을 발라가며 구워냈다. 약선으로는 삽주뿌리와 황금 달인 물을 분무했다. 이 둘은 입덧 치료에 좋았다.

치이익!

불길을 받을 때마다 풍미가 진동을 했다. 어찌나 고소한지 민규도 옥침을 흘릴 정도였다. 설야멱적으로 구워낸 고기 위에 참기름을 한 방울 떨구고 레몬 소금을 살짝 뿌렸다. 모든 맛을 한 단계 높여주는 레몬 소금. 고기는 지방질의 풍후하고 고소한 맛의 극치에 도달했다.

"궁중설야멱적입니다."

입덧을 하는 임산부에게 첫 요리가 나왔다. 연잎 위에 고기를 놓고 그 위에 뿌려놓은 고소한 잣가루들. 부드러운 산야초 소스를 곁들여 놓으니 모든 임산부들이 군침을 넘겼다.

"후와아, 너무너무 행복해."

입덧의 임산부는 몸서리를 치며 설야멱적을 먹었다. 풍후한 지방이 배어든 고기는 천국의 맛이었다. 그렇기에 임산부, 고기가 한 점, 한 점 줄어들 때마다 조바심이 났다. 심지어는 맛을 보는 남편까지 야속할 지경이었다. 거기서 한 접시가 더 추가되었다.

"와아……."

임산부는 입을 다물지 못했다. 결국 세 접시를 먹고서야 그녀의 지방 탐식이 끝났다. 동시에 그녀의 입덧도 깨끗하게 소화되어 버렸다.

"너무 고마워요, 셰프님."

임산부가 일어나 꾸벅 인사를 했다. 푸석하던 얼굴에도 윤기가 돌았다. 모질게 그녀를 괴롭히던 입덧. 이제 안녕이었다.

"부셰프들."

민규가 재희와 종규를 불렀다.

"네, 셰프님."

울금약식과 울금개피떡을 만들던 둘이 다가왔다.

울금은 간 기능을 개선하고 콜레스테롤 용해, 고지혈, 고혈압, 동맥경화 예방, 건위 작용와 항균 작용이 뛰어나 임산부들에게 유용할 메뉴였다.

"임신금기약?"

"부자, 율모, 사향, 계피, 말린 생간, 우황, 대황……."

둘은 합창으로 대답을 했다. 특별한 이벤트가 있으면 민규가 질문을 한다. 이 또한 약선 공부였으니 늘 대비하는 두 사람이었다.

"두 임산부가 부종이 있다고 말했었지?"

"네."

"잉어는 어느 쪽이고 파뿌리는 어느 쪽일까?"

이번에는 질문의 갈래가 달랐다. 약재를 주고 병을 맞히는 쪽이었다.

"잉어는……."

종규가 더듬자 재희가 치고 나갔다.

"잉어는 임신중독증의 하나인 자종(子腫)에 씁니다. 보통 임신 5~6개월의 임산부가 몸이 부으면서 배도 붓고 숨도 차고 기가 치미는 증세를 보이는데 잉어를 달여 먹거나 잉어죽이 좋습니다."

"그럼 파뿌리는?"

"파뿌리는 태아가 자라면서 임산부의 방광을 압박해 아랫배가 나오거나 온몸이 붓는 건데 자현이라 하며……."

"아니, 자현이 아니고 자림."

듣고 있던 종규가 바로잡고 나섰다.

"좋아. 종규가 계속해 봐라. 자림과 자현은 무슨 차이?"

"자림은 방광 압박으로 소변을 시원하게 보지 못하고 체질적으로 약하거나 기름진 음식을 많이 먹는 임산부에게 잘 생기지만 자현은 태아와 임산부의 기가 부조화를 이룰 때 생깁니다."

"약선은?"

"자림은 파뿌리를 잘게 썰어서 소금을 넣고 볶아 쓰고 자림은 파뿌리를 돌그릇에 넣고 달여 그 물을 마십니다. 자림은 원래 파뿌리를 볶아 아랫배를 찜질하던 것인데 약선에서 응용하고 있습니다."

"그럼 저 식재료와는 어떤 연관이 있을까?"

민규가 가리킨 건 키위와 오렌지, 크랜베리 등이었다.

"크랜베리와 레몬은 요로감염에 쓰는 약선. 그러나 요로감염과 임신으로 인한 방광 압박은 다름."

"크랜베리 부작용은?"

"과다 섭취 하면 복통과 설사가 올 수 있다."

"알았으면 요리 개시. 재희는 잉어죽 만든 다음 파뿌리 볶고 종규는 이 요리를 12번째 테이블 임산부에게 전해라."

민규가 내놓은 건 차가운 죽이었다.

"어, 너무 차갑지 않아?"

종규가 물었다.

"아마 설사기가 생겼을 거다. 설사약이 찬 기운과 만나면 설사가 멈추게 될 테니 먼저 먹으라고 해."

"알았어."

종규가 정원으로 나갔다. 차가운 죽을 받아 든 임산부는 말문이 막혔다. 아침부터 시작된 설사. 이것 때문에 초빛에 가지 못할까 봐 병원까지 들렀다. 그러나 똥꼬가 시원하게 잠기지 않아 조바심을 내던 차. 차가운 죽을 먹으니 바로 속이 안정되었다.

'세상에……'

임산부는 이제 편안한 미소로 요리를 기다리게 되었다.

—약선꽃나물골동반.

—약선수정효육.

—약선탕평채.

—약선규아상.

—잔대오골계장조림.

—들깨가루로 버무린 슴슴한 머위대.

—산야초샐러드.

—흥국쌀, 단호박, 클로렐라 3색말이떡.

요리가 나오기 시작했다.

공통 상차림은 여덟 가지로 맞췄다. 임산부에게는 과식이 좋지 않다. 그렇기에 분량은 모두 두세 조각, 혹은 한두 입 수준이었다. 골동반은 신선한 채소와 나물 외에 식용꽃을 더해 놓았다. 규아상의 시원한 자태는 눈을 즐겁게 만들었고 3색 말이떡 또한 부드러움 끝판왕을 보여주었다.

"앞에 있는 요리가 약선골동반입니다. 간단히 말하자면 비빔밥 같은 것입니다. 골동이라는 말은 동국세시기에 처음 나옵니다. 주로 전, 포, 회, 구이를 밥과 섞어서 비벼 먹는 것인데 여러분과 태아의 건강을 생각해 나물 찬품을 주로 만들었습니다. 안에 보시면 박고지, 미나리, 도라지, 무순, 죽순, 움파, 오이, 숙주나물 등이 들어 있는데 정조대왕께서 즐기시던 나물 중에서 여러분 각자의 체질과 맞지 않는 것을 빼고 구성했습니다. 간은 약고추장과 씨간장으로 맞추고 참기름을 떨구었는데 배 속 태아처럼 부드럽게 떠받들면서 비벼주시면 나물과 밥이 으깨

지지 않으면서 섞이게 되어 참맛을 느끼게 될 겁니다."

민규의 설명이 계속 이어졌다.

"그 옆의 진달래빛 편은 수정효육이라고 족발편입니다. 족발의 젤라틴 성분을 살린 것으로 피부 미용과 노화 방지는 물론, 모유 분비를 촉진해 수유에도 도움이 됩니다. 탕평채는 골고루 튼튼한 아기를 낳으시라는 기원이며 오골계장조림은 철분이 많아 임신에 도움이 되는 식재료입니다. 일반 소금이 아니라 붉나무소금을 써 만든 간장으로 졸여냈으니 염분 걱정도 하지 않으셔도 됩니다. 아울러 여러분 각자의 임신 질환을 고려했고 출산이 가까운 분들에게는 당귀와 천궁 등을 첨가해 출산이 쉽도록 했으니 편안하게 즐기시기 바랍니다."

설명과 함께 식사가 개시되었다. 남편들이 거들며 서로를 챙기니 보기 좋았다.

식사가 끝날 무렵 후식을 내주었다.

─연잎복주머니.

─약선연잎차.

임산부들은 연잎복주머니에 시선을 뺏겼다. 말려서 쪄낸 당근채로 매듭을 지은 연잎복주머니는 한 입 크기였다. 놀라움은 매듭 다음이었다. 매듭을 풀자 연두색 생생한 바다포도와 빨간 핑거라임 알이 쏟아져 나온 것.

"순산과 함께 복 많이 받으시라고 만들어보았습니다. 초록은 바다포도로 불리는 해초이고 붉은 알갱이는 오스트레일리아 감귤류의 나무에서 나는 열매입니다. 산과 바다처럼 높고 푸른 기상을 의미하며 성인병 예방과 피부 미용 등에도 좋습니다. 핑거라임은 은근한 송진 맛까지 도는 데다 감미롭고 상큼한 약초 육수에 재웠던 거라서 맛도 괜찮습니다."

"어쩜."

임산부들은 넋을 놓고 말았다. 정말이지 푸르고 붉은 진주알이 따로 없었으니 파티시에들의 디저트는 저리 가라 할 정도였다.

톡토톡!

입안에서 터지는 식감도 기가 막혔다. 임산부들은 아이 시절로 돌아간 양 즐거워했다. 연잎차 역시 철분이 많아 마음의 안정과 빈혈 관리에 도움이 될 일이었다. 모처럼 입맛에 맞는 요리를 즐긴 임산부들, 하나둘 약선요리 약발을 받기 시작했다.

"여보, 숨찬 게 없어졌어."

먼저 나온 신호는 잉어죽을 먹은 임산부였다. 식사가 끝나갈 무렵 놀랍도록 부종이 빠진 것이다.

"나도 소변 그득한 느낌이 사라졌어요."

방광 압박을 받던 임신부가 그 뒤를 이었다. 그런데…….

"여보!"

감탄사들 가운데 절박하게 끊어지는 비명이 나왔다. 중앙 테이블 임산부의 남편이었다.

"어머!"

주변 테이블의 임산부들이 놀라 움츠렸다. 돌발 사고였다. 요리를 잘 먹던 임산부가 입을 다문 채 척추를 비틀며 경련을 하는 것이다.

"급체야?"

종규가 다급하게 민규를 바라보았다.

"아훈이다."

"아훈?"

종규가 움츠렸다. 아훈은 출산 직전의 임산부나 고혈압 등의 증상이 있는 고령의 초산부에게 발생한다. 그렇잖아도 나이 많은 임신이라 유심히 보았던 민규. 아까는 없던 혼탁이 온몸에 번진 게 보였다.

"전에도 이런 적 있었나요?"

민규가 남편에게 물었다.

"얼마 전에 한 번요. 그 후로는 문제없었는데… 앰뷸런스를 좀 불러주세요."

"잠깐만요."

민규가 약재 창고로 뛰었다. 임산부들을 위해 준비한 비상 약재가 있었다. 만약 유산이 되면 오징어 먹물을 쓸 수 있다.

임신 말기의 임산부가 말을 못 하게 될 때의 약재도 있었다. 하지만 경련의 경우에는 영양의 뿔이 즉효였다. 재빨리 가루를 내어 열탕에 섞었다. 막힌 경락을 열려는 의도였다. 그 물을 임산부의 입으로 흘려 넣었다.

"하아."

잠시 후 임산부의 경련이 멈췄다. 119에 전화를 걸던 남편 역시 통화를 멈췄다.

"괜찮아?"

남편이 아내에게 물었다.

"응, 이제 괜찮아."

짝짝짝!

일촉즉발의 분위기는 박수 세례로 바뀌었다. 경련하던 임 산부 그녀도 민규에게 박수를 보내주었다.

"기념사진 좀 부탁해요. 태어나기도 전에 셰프님 요리 먹은 우리 아가들에게 힘이 되게요."

임산부들이 합창을 했다. 기꺼이 콜을 받았다.

찰칵, 찰칵!

남편들은 핸드폰으로 사진을 찍느라 바빴다. 임산부 손님 들. 언제든 긴장을 풀어서는 안 되는 사람들. 민규의 칼날 같 던 긴장은 셔터 소리를 따라 멀어졌다.

4. 상상 초월의 제의를 받다

끼익!

장영순의 세단이 정원에 멈췄다. 운전기사가 문을 열자 그
녀가 내렸다. 세련된 투피스 정장 차림이었다. 그 뒤로 김순애
도 보였다. 그녀 역시 칼 각의 정장이었다.

"준비되셨나요?"

장영순이 물었다.

"제 차로 가도 되는데……."

민규 목소리는 겸손했다. 조금은 부담스럽기도 한 까닭이었
다.

"안 되죠. 대통령님 특명이셨거든요. 귀찮더라도 한 번만

봐주세요."

장영순이 직접 차 문을 열어주었다.

"다녀올게."

민규가 종규를 돌아보았다. 재희와 할머니도 그 뒤에 있었다.

"셰프님, 파이팅."

재희가 주먹을 쥐어 보였다.

"출발해요."

장영순의 입이 열렸다. 지금까지와 달리 비장하고 묵직한 목소리였다.

"아휴, 우리 세푸가 인자 그냥 세푸가 아니야."

할머니 목소리는 나른하기조차 했다.

"그럼 뭔데요?"

종규가 물었다.

"세푸왕이지, 세푸왕."

"세푸왕요?"

"아니면? 저번 대통령하고도 유별나더니 새 대통령은 우리 세푸가 만든 거나 진배없잖아?"

"그런 말 하시면 형이 싫어해요."

"세푸가 없잖아? 없는 데서야 나라님도 욕한다는데 칭찬도 못 할까."

할머니는 싱글벙글이다.

"그렇긴 하죠?"

"그럼. 헌 대통령도, 새 대통령도 우리 세푸 괄시 못 하지. 암."

"그나저나 취임식을 코앞에 두고 왜 오라는 거지? 오빠는 알아?"

재희가 고개를 갸웃거렸다.

"글쎄?"

"어휴, 말하는 거 하곤… 하나밖에 없는 형이 뭐 하는지도 몰라?"

"우리 형이 어디 보통 사람이냐? 파악하기 쉽지 않지."

"뭐 그건 캐공감……."

"설마 우리 형한테 요리부 장관 같은 거 하라는 건 아니겠지?"

"쳇, 요리부가 어디 있어?"

"왜 없어? 만들면 되지. 뭐 어떤 부처는 처음부터 있었냐?"

"또 뭐 부탁하려는 거 아닐까?"

"뭐?"

"대통령 취임식 끝나면 여기저기 해외순방 나가시잖아? 그때 데려가려고 선수 치는 거……."

"그건 그럴 수도……."

"그럼 우리는 주방에서 한판 어때?"

재희가 슬쩍 도발을 해왔다.

"좋지. 뭘로 붙을까?"

"아까 임산부들 약선요리 전부."

"전부?"

"자신 없어?"

"자신 없어도 너 정도는 이길 수 있다."

"좋아. 그럼 진 사람이 이긴 사람이 원하는 약선요리 만들어주기."

"좋지."

종규가 먼저 식재료 창고로 뛰었다.

"어어, 그럼 반칙이야. 같이 가야지."

재희도 그 뒤를 따른다.

"아이고, 쟤들은 요리에 질리지도 않나. 늙은이는 먼저 간다."

할머니가 둘의 뒤통수에 대고 빼액 소리쳤다.

＊　　　＊　　　＊

"어서 와요."

청담동 저택에서 민규를 맞은 건 차 박사였다. 그런데 아는 얼굴이 또 있었다.

"이 셰프님."

반가이 소리치는 사람은 KTBC의 손병기 피디였다.

"피디님."

민규 눈이 휘둥그레졌다. 그 이유는 주용길이 말해주었다.

"내가 좀 부려먹으려고 청와대로 스카우트했어요."

스카우트. 비서관이 되었다는 말이었다. 나중에 안 일이지 만 주용길에게 대선 홍보 전략 로드맵을 짜준 사람이 바로 손 피디였다.

"이 셰프님."

사모님은 현관에서 민규를 맞았다. 이제는 그녀가 영부인이 었다. 민규가 정중히 인사를 올렸다. 그녀와는 두 번 만난 적 이 있었다. 가벼운 인사만 주고받은 사이였다.

"앉으세요. 내가 대충 차렸는데 세계적인 셰프님 앞에서 망 신은 안 당할지……."

영부인이 식탁을 가리켰다. 말은 그렇게 하지만 격식 갖춰 차려진 한 상이었다. 민규 것만이 아니라 김순애와 장영순, 차 박사와 피디의 몫까지 있었다.

"여러분 덕분에 대통령이 되었지 않습니까? 내일이면 이 집 떠나 청와대로 들어가는데 가기 전에 고마운 분들에게 식사 나 한 끼 대접할까 해서요."

새 대통령의 말이 소탈했다.

식사는 제대로 한식. 그중에서도 서울식이었다. 대개 한국 의 맛 하면 호남과 영남을 꼽지만 서울 음식도 만만치 않았 다. 우선 서울 반가요리의 특징은 시원, 담백, 맛깔나고, 깔끔

했다. 한마디로 서울 사람다운 음식이었다.

나아가 궁중요리의 특징이 많이 배어 있는 요리이기도 했다. 동시에 식재료의 맛을 잘 살려낸다. 즉 서울 음식은 조리라는 과정 속에서도 자연의 맛을 담으려는 노력을 안고 있었다.

영부인의 메인은 두부전골이었다. 두부 하나하나를 들기름에 지져냈다. 그런 다음 다진 고기를 두부 사이에 넣고 미나리로 묶었다. 도라지와 고비, 숙주나물 또한 기름에 볶아낸후에 냄비 바닥에 둘렀다. 고명 또한 석이버섯과 목이버섯, 계란의 황백지단을 무지개 모양으로 꾸몄다. 보글거리는 육수의냄새도 좋았으니 허투루 끓이지 않았다는 걸 알 수 있었다.

"……!"

찬품을 보던 민규, 한 접시로 시선이 쏠렸다.

'장포?'

"와아, 셰프님은 아시는군요?"

민규 눈치를 차린 영부인이 물었다.

"장포잖습니까? 이것도 직접 만드셨어요?"

"옛날 생각 하면서 해봤는데……."

영부인이 말끝을 흐렸다. 장포는 보기 드문 요리였다. 자반의 한 종류로, 소의 볼기살로 만든다. 살점을 저민 후 살짝 구운 다음 도마에서 두들겨 갖은 양념을 더해 여러 차례 적셔가며 구워낸다. 마치 설야멱적 같은 정성이 담기는 것이다.

찬품으로 나온 건 세 가지 나물과 고등어구이, 굴비구이였다. 두 가지 젓갈이 보이고 배추고갱이와 막장을 놓아 균형을 잡았다. 김치는 곤쟁이젓에 간장으로 간을 했다. 정통은 아니지만 서울 반가의 전통이 절반은 녹아 있는 식단이었다.

"들어요. 우리 집사람이 아침부터 부산을 떨어서 준비한 거랍니다."

전골이 끓기 시작하자 대통령이 식사를 권했다.

"이걸 정말 영부인께서 다 하신 겁니까?"

차 박사의 입은 다물어질 줄을 몰랐다.

"이 셰프님이 오신다니 어쩌겠어요? 옛날 어머님 솜씨를 기억하며 노력은 해봤는데 간이나 맞을지 모르겠네요."

영부인이 얼굴을 붉혔다. 민규 앞이다. 천하의 영부인도 최고의 셰프 앞에서는 요리를 논할 수 없는 것이다.

"먹어봐요. 사모님이 애가 타시는데……."

김순애가 민규를 재촉했다.

"대통령께서도 드시지 않았는데……."

민규가 대통령을 바라보았다.

"어허, 오늘은 셰프께서 주빈이니까 왕이나 다름없어요. 나는 투명 인간으로 알고 드세요. 안 그러면 이 셰프 돌아간 후에 나 우리 집사람에게 죽습니다."

대통령이 엄살을 떨었다. 별수 없이 맛을 보게 되었다. 모든 사람들의 시선이 민규에게 집중되었다.

"간이 기막히네요. 다만 약간 짠맛이 있으니 육수를 조금만 더 부으시면 더 좋을 것 같습니다."

"어머, 그래요?"

영부인이 내미는 육수를 받아 민규가 부었다. 붓는 길에 슬쩍 초자연수 육수 조합을 가미해 주었다. 정성껏 차린 상을 조금 더 띄워주기 위한 조치였다.

"이야, 진짜 진국이네?"

"어머, 정말 그런데요? 사모님도 셰프로 나가셔야겠어요."

국물 맛을 본 차 박사와 장영순이 감탄을 했다.

"에이, 그럴 리가?"

대통령도 시식에 동참. 하지만 그 역시 감탄을 터뜨리고 말았다.

"히야, 같이 살아도 다 알 수 없는 사람이 부부라더니 이 사람이 언제 이렇게 솜씨가 늘었지?"

"소 사골 덕분인가? 아저씨가 좋은 걸로 준다고 하더니……"

영부인 역시 흐뭇한 표정이었다. 자기가 맛을 봐도 기가 막혔다.

"다른 반찬은 어때요?"

자신을 얻은 영부인이 또 물었다.

"김치는 말할 것도 없고 나물도 제대로 무치셨네요. 된장과 간장, 들기름과 참기름을 식재료의 성격과 제대로 맞추셨습니다."

"아유, 역시 전문가는 알아주시네. 우리 저이 같으면 맛없다고 타박부터 했을 텐데……."

영부인이 대통령을 흘겨보았다.

"앗, 대통령님께서 반찬 투정도 하신단 말씀입니까? 저 같으면 이런 밥상이라면 날마다 와이프를 업고 다닐 것 같은데?"

차 박사가 영부인을 거들고 나섰다.

"에끼, 이게 다 여러분이 오셨으니까 그렇지 나랑 둘이 먹는데 이렇게 차려주겠어요? 달랑 찌개 하나에 김치 하나, 날이면 날마다 무한 반복 되는 밑반찬이 전부지."

대통령도 조크로 받아쳤다. 식탁 분위기는 맛이 깊어가는 두부전골처럼 좋아지고 있었다.

"자, 기왕 판 벌인 김에 술도 한잔 받아요. 우리 이 셰프님 가게도 새로 오픈했다니 축하도 할 겸."

대통령이 약주병을 들었다.

"화환은 죄송하게 되었습니다."

민규가 자수를 하고 나왔다. 화환에서 뽑은 꽃 한 송이로 인증 숏을 찍어 인사를 하긴 했지만 대통령이 어떻게 생각할지 모를 일이었다.

"아니에요. 사실 그날 기분 최고였어요. 내가 비서관 내정자들하고 내기했다가 이겼거든요."

"예?"

"그 친구들은 그래요. 그래도 대통령 화환인데 반송하겠냐고? 그러니 대통령 체면도 있고 하니 보내시라고… 나는 아니라고 했는데 결국 내가 이겼잖습니까?"

"네……."

"이 술도 그 위의 차만술 민속전에서 구해 온 겁니다. 이 셰프가 신뢰하는 사람 같길래……."

꼴꼴!

약주가 따라졌다. 정상 만찬에서 쓰였던 자주였다.

"이분 민속전이 일품이지요. 언제 청와대에 한번 부르시면 한국의 맛을 알리는 데 도움이 되실 겁니다."

슬쩍 차만술을 띄워주었다. 그는 이제 뜰 자격이 충분했다.

"아무튼 화환도 안 받고 재개업 초대도 못 받았으니 이 축하주로 퉁치는 겁니다?"

"그럼 저도 이 술로 실례와 무례의 용서를 빌겠습니다."

민규가 술병을 받았다. 꼴꼴, 잔 채워지는 소리가 청량했다.

"건배!"

대통령의 건배사에 이어 술잔을 비웠다. 안주로 집어 먹은 장포의 맛이 좋았다. 제대로 된 간장을 썼으니 그런 매칭 센스 또한 손맛이 아닐 수 없었다.

"그나저나……."

두어 잔 술이 돈 후에 대통령이 운을 떼고 나왔다.

"나는 이 셰프님 재개업에 못 갔지만 셰프님은 제 취임식에 꼭 오셔야 합니다."

"꼭 참석하겠습니다."

"그리고… 우리가 부탁할 게 하나 있는데……."

"말씀하시죠."

"그 전에 셰프께서 정부에 바라는 게 있으면 말해보세요. 우리가 먼저 말하고 들으면 옵션 같아서 그렇고… 전임 대통령께서도 셰프 대우를 당부하더군요. 불법만 아니면 뭐든 좋습니다."

"제가 딱히 바랄 게 뭐가 있겠습니까?"

"그러시면 우리가 부탁을 할 수 없습니다."

대통령의 목소리가 겸허하게 변했다. 동시에 눈빛은 더 초롱해진다. 지나가는 말로 던진 게 아니라는 얘기였다.

대통령…….

뭘 바라는 걸까?

민규에게 바란다고 해야 요리였다.

그렇다면…….

민규는 뭘 원한다고 해야 할까?

그렇다고 해도 역시 요리였다.

요리…….

꼭 한 가지 마음에 품은 게 있기는 했다. 바로 중국의 조어대 시스템이었다. 중국은 각국 정상이나 국빈이 오면 조어대에서 만찬을 베푼다. 예외가 있겠지만 많지 않았다. 민규는 그게 부러웠다. 모든 국빈의 연회를 한 군데서 베풀 필요는 없지만 시스템만은 부러웠다. 그렇게 함으로써 정통요리의 맥을 잇고 발전시키며 나아가 정통요리를 전공하는 셰프 양성에 더해 자부심을 가질 수 있기 때문이었다.

"그러시다면 우리도 중국처럼 국빈요리를 전문으로 하는 사옹원을 지정해 주실 수 있겠습니까?"

"사옹원이라고요?"

대통령이 고개를 들자 차 박사와 손 피디도 고개를 들었다.

"특혜를 달라는 건 아닙니다. 임시로 지정하셔도 좋고 명예직을 수여하셔도 됩니다. 그걸 계기로 제가 전통요리를 발전시키면 중국의 조어대처럼 자리를 잡을 수 있을 테니 전통요리 계승에도 큰 이바지가 되리라 봅니다."

"국가기관으로 만들지 않아도 된다는 겁니까?"

"예. 요리란 명목으로 되는 게 아니니 대통령님의 재임 기간 동안만이라도 국빈 행사 등을 몇 번 맡겨주시면 만인의 성원을 모아보도록 하겠습니다. 제가 성공하면 다음 대통령 대에도 이어질 것이고 그게 쌓이면 한국 국빈 만찬의 상징이 될 것입니다."

"그러니까 일단 내 재임 기간 동안은 국빈 만찬을 이 셰프에게 일임하고 전통요리가 시스템으로 자리 잡을 수 있도록 해달라?"

"예."

"하핫, 그거야 뭐가 어렵겠소. 내가 오히려 셰프님에게 부탁할 일이군요."

"언론이나 방송에 칭하실 때는 '사옹대'로 명명해 주시면 고맙겠습니다."

"사옹대라… 사옹원에서 가져온 이름인가요?"

"그렇습니다."

"그건 접수하지요. 하지만 그것만으로는 안 됩니다. 이 셰프에게 돌아가는 실익이 없잖습니까?"

대통령이 선을 긋고 나왔다.

"정부에서 국빈 만찬을 일임하는 자체가 실익입니다. 다른 분야의 요리 업계에서 시기할 수도 있는 일입니다."

"그런 건 상관없어요. 내 임기 동안만이라도 실력도 없이 이익이나 챙기려는 이기적인 집단들에게는 철퇴를 내릴 겁니다."

"예……."

"그러니 다른 걸 말해보세요."

"다른 건 이미 이루었습니다. 여기 장 여사님께서 분에 넘치는 큰 선물을 주셨으니 중국의 조어대를 뛰어넘는 요리로 보답해 보이겠습니다."

"그래도 안 돼요."

대통령은 완강했다.

"그러시면 인천공항에 궁중요리나 약선요리 센터를 낼 수 있도록 부탁합니다. 모름지기 궁중요리와 약선요리를 살리려면 국가의 관문에서 선을 보이는 게 좋을 것 같습니다. 거기서 들어오고 나가는 외국인들에게 흉내만 내는 한식이 아니라 천년 고려의 궁중요리부터 500년 조선의 왕실요리까지 망라해 전통 전파의 일익을 담당해 보겠습니다."

"그건 마음에 드는군요. 해당 부처에 지시해서 가능한 모든 편의와 지원을 아끼지 않도록 하겠습니다."

"고맙습니다, 대통령님."

민규가 일어나 공손히 허리를 조아렸다. 뒤따를 부탁이 뭔지는 몰라도 엄청난 약속을 들은 까닭이었다.

"이거 별거 아닌 약속을 하고 큰 짐을 안기자니 미안하기는 한데… 손 비서관."

대통령이 손병기 피디에게 발언을 넘겼다.

"이 셰프님, 미리 말씀드리지만 이제부터 부탁할 일은 제 구상입니다. 마음에 들지 않으면 대통령님이 아니라 저를 책망해 주시기 바랍니다."

등을 곧추세운 손병기가 묵직한 목소리로 말문을 열었다.

"지금 세계적으로 긴장과 대립이 끊이질 않고 있지 않습니까? 테러와 중동의 문제도 그렇고 미국과 중국의 대결 양상도 그렇고……."

"예……."

"특히 우리나라가 북한과 대치 중이다 보니 모든 대통령들이 쳇바퀴 같은 임기를 보냈는데… 임기 초기에 주변국과 동맹국들 우호를 강화하러 다니느라 1~2년을 허비하는 프레임입니다. 미국의 지지, 중국의 지지 하는 식으로 말이죠. 그러다 보면 어느새 임기 말기라 레임덕 현상과 함께 제대로 된 국정 계획을 펼칠 여유가 없게 됩니다."

"……."

"그래서 이번에는 전과 달리 선제적인 주권을 행사해 강력한 대한민국의 위상을 세워보려고 하는데 그러자면 역시 초반 밑그림을 잘 그려야만 합니다."

손 피디의 목소리가 묵직하게 변했다. 자리가 사람을 만든다더니 방송국 피디 때와는 또 다른 분위기였다. 민규는 묵묵히 경청했다. 그 역시 민규가 신뢰하는 사람 중 한 명이기 때문이었다.

"디테일을 말씀드리자면 대통령께서 취임하시면 일단 미국 순방길에 오릅니다. 그다음에 중국이나 일본, 러시아 등의 전통적 우호국이나 주변국을 돌며 입지를 강화하고 임기 기간 동안의 지지와 협력을 부탁하지요. 그런 다음 그쪽 지도자들을 초청해 우호나 지지의 과시 내지는 확인을 하고요."

"……."

"이번에는 그걸 뒤집어보려고 하는데 여기에 이 셰프님의 도움이 필요합니다."

"말씀하시죠."

민규의 시선은 반듯했다. 그 시선은 권필의 그것과 같았다. 고려 말에도 이와 비슷한 일이 있었다. 왕자가 왕으로 등극하자 각별한 권필을 부른 것이다.

"나를 좀 도와주어야겠다."

"하명하소서."

권필은 고개를 바짝 낮추었다. 비굴해서가 아니었다. 따로 불러준 은혜를 어찌 잊을 것인가?

"중신들의 마음을 열어야겠으니 네가 좋은 요리를 구상해 보거라."

"목숨을 걸고 수행하겠나이다."

그때, 권필의 눈은 지금의 민규처럼 반짝거렸다.

"우선 한국의 정치 환경에 지대한 영향을 미치는 두 사람을 초대하고자 합니다."

두 사람…….

미국 대통령과 중국 주석?

"그렇습니다."

민규가 묻자 손 피디가 대답했다.

"거기에 한 분을 더 모시면 좋습니다."

한 사람 더라면…….

일본?

"아닙니다."

손 피디가 잘라 버렸다.

"러시아입니다."

"……."

민규 시선이 출렁 흔들렸다. 미국과 중국, 그리고 러시아… 그 셋을 취임 초기에 한자리에 초청할 수만 있다면 대한민국 대통령의 입지가 상한가를 칠 것은 자명한 사실. 그러나, 유사 이래 그런 일은 한 번도 없었다.

"미국과 중국의 지도자가 한날 초청에 응할지도 미지수지만 러시아 대통령까지 온다고 하면 더 문제가 생길 수도 있습니다."

손 피디는 상황을 적시하고 있었다. 그런데 왜 이런 말을 하는 걸까?

"그걸 무마할 수 있는 카드가 하나 있습니다."

미중러를 한자리에 세울 수 있는 카드…….

일본?

민규 혼자 고개를 저었다. 그건 아니었다. 일본 총리의 중량감으로는 그만한 흡입 파워를 가질 수 없었다. 그렇다면 북한 지도자? 거기서도 민규 고개가 갸웃 돌아갔다. 그 또한 그림이 완성되는 퍼즐은 아니었다.

그렇다면 누구?

영국 여왕?

IOC 위원장?

유엔사무총장?

응? 유엔사무총장?

그건 약간의 가능성이 있었다. 그러나 손 피디의 입에서는 다른 사람이 나왔다.

"니콜라이."

'니콜라이?'

"교황이십니다."

"……!"

교황…….

한 단어가 벼락처럼 민규 뇌리를 뚫고 갔다.

"남북통일의 대명제를 위해 그분을 모시고, 미중러 대통령을 모신다면 가능성이 있습니다. 저희가 미리 체크한바 현재의 세 지도자들은 교황과 우호적인 관계를 유지하고 있거든요."

"……"

"마침 교황께서 다음 달에 일본을 방문할 예정입니다. 그때 몇 시간이라도 한국을 경유하게 하면……."

"가능하겠습니까?"

"그 가능성의 출발이 셰프님입니다."

"예?"

"교황께서는 영국 여왕, 왕세자와 친분이 두터우시더군요. 여왕과 왕세자께서는 셰프님의 요리에 반했지 않습니까? 한국에 이어 버킹엄궁전에 초대, 나아가 머큐리 재단의 신년 모금

회까지 참석했다고 들었습니다만……."

"그건 맞습니다만……."

"셰프님 허락도 없이 그동안 셰프님이 이룩한 요리의 업적과 메뉴들을 편집해 네 당사자의 측근에게 보냈습니다. 아직 확정은 아니지만 일단 긍정적인 답을 받았습니다."

"……!"

"그러나 옵션이 붙어 왔으니 셰프님이 직접 요리를 해준다면 일정을 조절할 수도 있다는 의견이었습니다."

"피디님."

"만찬 장소는 판문점입니다. 그들을 흡입할 만한 상징성이 있는 곳이죠. 분쟁을 상징하는 장소에서 평화를 기원하는 만찬. 그분들에게도 명분이 될 장소가 분명합니다."

"……."

"이 일은 국가 대계를 위해 꼭 필요한 일입니다. 이 네 지도자들이 한자리에 모여 그저 밥 한 끼만 함께한다고 해도 우리 국격이 확 높아질 일입니다. 일본과 북한도 우리 정치 역량에 경천동지를 할 겁니다. 그야말로 획기적인 획을 긋고 시작하는 거죠."

"피디님……."

"불가능하다고요? 아뇨. 가능합니다. 셰프님이기에 가능합니다. 이것도 비공개로 알아본 거지만 머큐리 재단의 신년 정찬 모금에서 천문학적인 모금을 주도했다고 들으셨습니다. 거기 모인 분들… 어마어마한 거물이더군요. 그냥 어마어마한 게 아니라 실제로 세계를 움직이는 분들입니다. 미국 대통령 부부와 유엔사무총장도 참석하셨죠?"

"……?"

"셰프님의 요리에 뻑 갔고요?"

"그건……."

"정리해 볼까요? 중국 주석과 미국 대통령은 이미 셰프님의 요리에 반해 버렸고, 러시아의 대통령의 귀에도 한중 만찬과 머큐리 재단 새해 정찬 요리의 소문이 들어갔습니다. 솔직히 다른 셰프라면 안 되죠. 초호화판의 식재료에 사치스러운 만찬 한 끼를 위해 세계 정상의 지도자들이 모인다면? 거기 모인 사람들은 전부 비난을 면치 못할 일입니다. 그러나 이 셰프님 요리의 이미지는 다릅니다. 소탈하고 정갈하니 물욕이나 탐욕을 벗어나 정화와 진실에 다가선다는 이미지가 있지요. 그러니 서로에게 윈윈이 될 수 있다는 겁니다. 셰프님이 허락만 하시면 제가 목숨 걸고 추진해 보겠습니다."

"……."

"부탁합니다."

"부탁합니다."

손 피디의 목소리에 차 박사의 말이 겹쳐졌다.

"부탁합니다."

장영순과 김순애도 지원에 나섰다.

"부탁합니다!"

마지막은 대통령 부부였다.

교황과 미중러 지도자를 위한 세기의 만찬.

"콜을 받죠."

민규 입술이 단아하게 열렸다. 이 또한 최고를 위한 도전. 동시에 세계의 왕들에게 한국 전통요리의 진가를 보여줄 수 있는 기회. 대령숙수의 적통을 자랑하는 민규였으니 당연히 콜을 받아들였다.

"고맙습니다."

대통령이 일어나 인사를 해왔다. 측근들도 모두 일어섰다. 대통령의 손을 잡은 민규 마음은 펄펄 끓는 육수처럼 뜨거워졌다.

교황과 미중러의 대통령들?

죽이는데?

*　　　*　　　*

"으악!"

"까악!"

종규와 재희는 비명부터 질렀다.

"우리가 베이징 댜오위타이처럼 국빈을 모시는 국빈관으로 공식 지정이 될 것 같다고?"

종규는 차마 믿기지 않는 모양이었다.

"아직 결정된 건 아니고, 검토해 주신다고 했다."

"그럼 된 거나 마찬가지지."

"그래도 된 거는 아니지."

민규가 웃었다. 대통령의 약속을 의심하지는 않지만 경거망동하고 싶지는 않았다.

"어쨌든 이 정권의 국빈 만찬은 우리가 전매특허를 내는 거네?"

"옵션을 이행하면."

"그거야⋯⋯."

형이 당연히 해내겠지.

종규의 마음은 저만치 앞서갔다.

"아서라. 뜸 안 들이고 먹을 수 있는 밥은 없다. 그저 묵묵히 정진하는 수밖에."

"우워어, 어쨌든 사옹대⋯ 다행히 내실하고 정원 등은 공사를 했으니 됐고, 간판하고 메뉴판만 바꾸면 되겠네. 사람도 몇 명 쓰고."

"전자는 몰라도 후자는 그래야겠다. 관리할 곳이 많아졌으니 한 다섯 명 정도 선발하도록 하자."

"다섯 명?"

"간판은 둘이 잘 구상해 봐라. 정갈한 플레이팅 하듯이 간결하면서도 전통적인 느낌이 나도록."

빅뉴스를 남긴 민규가 정원으로 나갔다. 그대로 강으로 걸었다. 오늘은 대통령 취임식. 그래서 예약은 하나만 잡았다. 대통령 부부였다. 새 대통령이 아니라 헌 대통령. 정든 전임 영부인께서 전화를 걸어온 까닭이었다.

─이제 퇴임했으니 부부 동반으로 죽 한 그릇 먹으러 가도 되려나요?

그녀의 말이 소담했다. 헌 대통령도 민규에게는 각별한 사람들. 기꺼이 모시기로 했다.

안녕.

강물 앞에서 속삭였다. 강물은 저 홀로 씩씩하게 흐르고 있었다. 소리도 없다. 대저 큰 뜻은 소리가 없다. 보이지도 들리지도 않는다. 새 역사를 써갈 대통령의 시작이 강물 같기를 바랐다. 5천 년을 면면히 흐르는 한강 물처럼 도도하면서도 끊임없기를. 나라를 생각하고 국민을 위하는 마음이 그렇기를.

그 아침에 또 다른 낭보가 날아왔다. 유리공예를 하는 이상배였다.

"셰프님."

소형차를 타고 온 그가 정원에 내렸다.

"어, 웬일이세요?"

정원에서 요리 구상을 하던 민규가 돌아보았다.

"웬일은요, 셰프님이 보고 싶어서 달려왔죠."

그의 목소리는 잔뜩 들떠 있었다.

"진짜요?"

"진짜는 제가 드릴 말씀입니다. 진짜 이러시깁니까?"

"무슨 말씀인지?"

"어젯밤에 뉴욕의 갤러리에서 연락이 왔습니다. 그것도 난 다 긴다 하는 특급 갤러리에서요."

"그런… 데요?"

"뭐가 그런데요예요? 뉴욕에서 제 초대전을 열어준답니다. 셰프님 소개로 제 작품을 알게 되었다고 했어요."

"아!"

그제야 머큐리 생각이 났다. 저명인사들의 새해 정찬. 그때 선보인 이상배의 유리컵에 폭 빠졌던 머큐리… 지나가는 말인 가 싶었는데 진짜 접촉을 해온 것이다.

"처음에는 하다 하다 예술가 전시까지 보이스 피싱 기법 들이대서 돈 뜯어먹으려는 놈인 줄 알았습니다. 그런데 진짜네요. 그것도 첼시 아트 디스트릭트에서도 최고의 포인트에다 전시 초대를 받았어요."

"우와."

"고맙습니다, 셰프님. 정말 고맙습니다."

이상배는 들뜬 마음을 주체하지 못했다.

"그게 뭐가 고마워요? 당연한 걸 가지고……"

"당연하다뇨? 그쪽에서 비용 일체를 약속하고 전시가 끝나는 동시에 고가의 매입까지 보장했어요. 이런 대우로 가는 건 최상급 아티스트가 아니면 불가능합니다."

"당신은 최상급 아티스트니까요."

"셰프님……."

민규의 한마디가 그의 감성을 무장해제 시켜 버렸다. 이상배의 눈에 진한 습기가 서렸다. 일찌감치 자신을 알아준 단 한 사람. 민규가 그의 심금을 울린 것이다.

"적어도 내게는 그랬어요. 덕분에 내 약수도 빛났고요. 이제 넓은 땅에서 더 많은 사람들에게 최고가 되어야죠. 당신은 그럴 자격이 충분합니다."

"셰프님……."

이상배, 끝내 눈물을 쏟고 말았다. 척박한 한국 유리공예계에서 분투하던 사람. 이제야 빛을 발하게 되는 순간이었다.

"전시 끝나면 몸값 좀 올라가시겠어요? 예술을 돈으로 말하면 좀 그렇지만……."

"그야……."

"흐음, 그렇잖아도 우리 초빛이 이름을 바꾸게 될 것 같아서요. 유리컵이랑 전통 문양의 접시 등을 좀 맞추려고 했는데 기다려야겠네요."

"왜요? 그건 당장에라도 가능합니다."

"안 되죠. 당신 몸값이 올라간 후까지 기다리렵니다. 물건이란 모름지기 제값을 주고 사야 빛이 나는 법이니까요. 더구나 당신의 예술 작품 같은 경우에는……."

"셰프님……."

"들어가요. 그렇잖아도 아침 식사 하려던 참인데 숟가락 하나는 얹어줄 수 있으니까요."

"셰프님……."

감동에 취한 이상배의 등을 밀었다. 취임식의 아침은 시작부터 상쾌했다.

＊　　　＊　　　＊

빵빠라빰빰! 빰빠바밤!

여의도 국회의사당 앞에 의장대의 연주 소리가 울려 퍼졌다. 외국사절들과 삼부 요인이 빼곡한 가운데 민규가 도착했다. 단아한 숙수복 차림이었다.

"이쪽으로 모시겠습니다."

배정 좌석을 확인하던 의전 담당자가 민규를 안내했다.

"셰프님."

중간에 손병기가 있었다. 이제는 그를 따라갔다. 대기실이었다. 새 대통령이 보였다.

"이 셰프님."

그가 반가이 민규를 맞았다. 영부인도 있었다.

"잘 오셨습니다. 안 그래도 셰프님 오기만 기다리고 있었지요."

"예?"

"대통령이 되면 선서를 해야 합니다. 죄송하지만 신성한 약수 한 잔 부탁할 수 있을까요?"

"그건 문제없습니다."

즉석에서 정화수와 반천하수의 조합을 만들어주었다.

"고맙습니다. 덕분에 역사상 가장 순수한 선서를 할 수 있겠군요."

대통령이 웃었다.

짝짝짝!

수천 명의 박수를 받으며 새 대통령이 취임대에 올랐다. 연단의 주용길, 민규가 만들어준 약수 한 잔을 마시고 장중한 선서를 시작했다.

"나는 헌법을 준수하고 국가를 보위하며 조국의 평화적 통일과 국민의 자유와 복리의 증진 및 민족문화의 창달에 노력하여 대통령으로서의 직책을 성실히 수행할 것을 국민 앞에 엄숙히 선서합니다."

선서와 함께 비둘기가 날고, 풍선이 뜨고, 의장대의 힘찬 연주가 광장을 흔들었다.

선서를 마친 대통령이 내외 귀빈을 맞았다.

"고맙습니다."

민규 차례가 되자 대통령이 또렷하게 말했다.

'아집과 독선, 불통과 이기, 편향과 파벌, 포퓰리즘과 내로남불에 휘둘리지 않는 참지도자가 되소서.'

민규가 마음으로 화답했다.

5. 메뉴를 정하라

　뜨는 해가 있으면 지는 해도 있다. 요리도 그랬다. 천하를
풍미하는 맛도 영원할 수는 없었다. 이윤의 대에는 오리탕이
대세였다. 이윤에게 요리의 세계를 펼쳐준 기반도 오리요리였
다. 그 후로 만한전석이 시대를 풍미하고 불도장이 그 뒤를 잇
고⋯⋯.

　그러나 요리의 역사는 5천 년 한강수가 그렇듯 끊임없이 흘
렀다. 달이 차면 기울듯 요리는 인간의 부침을 쫓아갔다. 그
부침의 한 예가 지금 민규의 테이블에 있었다. 헌 대통령과
영부인 부부였다.

　둘에게 올린 건 방풍죽과 오색정과, 그리고 국화차였다. 황

금궁중칠향계에 더불어 약선냉면을 올릴 생각이었지만 헌 대통령이 사양을 했다.

"오늘 자로 소시민으로 돌아가려고 합니다. 그러니 소탈하게 죽이나 한 그릇……."

민규는 부부의 청을 따랐다.

"셰프님."

식사의 말미에 헌 대통령이 민규를 불렀다.

"예."

"듣자니 새 대통령과도 각별하시다고요?"

"요리를 몇 번 차려 드리긴 했습니다."

"많이 도와주세요."

"제가 무슨……."

"아니에요. 나도 임기 초반부터 이 셰프를 몰랐던 게 한이었습니다. 5년은 길지만 청와대에서는 좀 짧거든요. 그분에게들으니 초반부터 분위기 조성을 강하게 하려는 눈치던데 이셰프의 요리 외교가 가세한다면 천군만마입니다."

"……."

"그리고 이거… 우리 부부의 작은 선물이에요. 그동안 도와주신 데 대한……."

헌 대통령이 내놓은 건 궁중의 그릇과 접시들이었다. 두 박스나 될 정도로 많았다.

"청와대 나오면서 각국에서 받은 기념품을 정리하다 보니 있더라고요. 왕실에서 쓰던 식기라던데 보물이나 국보급까지는 아닌 것 같고… 이 셰프라면 가장 값지게 쓸 것 같아서요."

"두 분이 찬찬히 쓰시지 그러십니까? 좋은 식기 같은데……."

"두 늙은이가 호사를 부려 뭐 하겠어요. 듣자니 초빛이 국빈관으로 지정될 분위기던데 그렇다면 더욱 이 셰프님이……."

"그 소식을 들으셨습니까?"

"실은 내가 생각하던 구상이었습니다. 하지만 정권 말기에 내가 말을 꺼내면 월권 같아서 차마 입에 걸지 못했는데 새 대통령이 운을 떼더군요. 꼭 지원해 주시라고 말씀드렸습니다."

"……."

"청와대 나오니 시원섭섭하지만 이제부터 셰프님 요리 예약은 좀 자유로워질 것 같네요. 우리의 예약도 받아주시는 거죠?"

"말씀이라고……."

"그만 가봐야겠습니다. 방풍죽… 기막히군요. 또 어떤 죽이 좋나요?"

"죽이라면 타락을 시작으로 산조인, 나복, 백합분, 의이인, 연자, 근채, 총시, 복령분, 송자인… 헤아릴 수도 없지요."

설명하는 민규 목소리가 가라앉았다. 영부인과 헌 대통령… 민규에게는 너무 각별한 사람들이었다. 특히 영부인은 더욱…….

"이거… 조금 만들어보았는데 두 분이 심심할 때 군것질로 드십시오."

정과와 석류양갱, 무화과양갱을 한 아름 챙겨주었다.

"이제 소시민이 되었으니 받아도 되려나?"

대통령이 영부인을 바라보았다. 그 눈빛이 소탈해 민규가 웃었다.

"아, 기분 되게 이상하네."

세단이 나가자 종규가 볼멘소리를 냈다. 최고의 자리에서 내려온 사람의 뒷모습을 본다는 건 그리 유쾌한 일은 아니었다.

"너도 그러냐?"

"형도 그렇지?"

"그래……."

민규도 도로에서 눈을 떼지 못했다. 멀어지는 차를 보며 혼자 속삭였다. 두 분의 새 출발이 맛깔나기를. 참기름 진하게 발라가며 구워낸 설야멱적처럼 고소함이 좔좔 넘쳐흐르는 생활이 되기를.

*   *   *

바빴다.

재개업 이후는 더욱 그랬다. 더 많은 기자들이 찾아왔고, 더 많은 외신들의 보도와 인터뷰 요청이 있었다. 후달리지는 않았다. 민규의 원칙은 요리였지 홍보나 방송 출연에 있지 않았다. 파격적인 개런티를 보장하는 곳조차 거들떠보지 않았다. 그건 요리를 빙자한 장사꾼 셰프들이 나가면 될 자리였으니 민규가 지켜야 할 자리는 주방이었다.

청와대도 숨 가쁘게 돌아갔다.

교황 방한 확답.

러시아 대통령 방한 확답.

중국 주석 방한 확답.

미국 대통령 방한 확답.

미국 대통령을 끝으로 마침내 세계 초거물 지도자들의 동시 방한이 확정되었다.

—세계평화를 위한 판문점 만찬.

주제는 그랬다. 청와대의 발표가 있자 세계 정계가 요동을 쳤다. 청와대는 빗발치는 외국 수반들의 전화로 몸살을 앓았다. 추가 초청을 희망하는 지도자들 때문이었다. 가장 몸이 달아오른 건 일본이었다. 어쩌면 일본이 꼭 끼어야 하는 자리. 그럼에도 사전 정보조차 없이 뒤통수를 맞은 것이다. 미국과 중국, 러시아 지도자가 한국에서 만나는데 일본이 빠진다는 건 그들에게는 최악의 그림이었다. 그렇잖아도 세계정세에서 힘이 빠지고 있던 일본. 장관급 특사를 보내 추가 합류를 타진해 왔지만 허탕이었다.

유럽 각국과 아시아 주요국들도 그랬다. 어떻게든 한 좌석받을 수만 있다면 국가의 위상이 올라갈 일. 그렇기에 온갖라인을 동원해 봤지만 추가 좌석은 나오지 않았다. 어쨌든 주용길 대통령, 그의 구상대로 취임 초반부터 세계 정계에 화려한 등장을 한 셈이었다.

민규에게는 손병기 비서관이 직접 소식을 가져왔다.

"이제 셰프님에게 달렸습니다."

그의 목소리는 비장했다.

"최선을 다하죠."

길게 말하지 않았다. 요리는 입이나 비장미로 만드는 게 아니었다.

"말씀하신 사용대 건도 국무회의에서 비공식 지시로 확정했습니다. 최소한 이 정부에서만이라도 모든 국빈의 만찬은이 셰프님의 주관으로 진행하게 될 것이고 판문점 만찬 역시이 셰프님이 주관한다는 걸 공표하게 될 겁니다."

사용대.

마침내 결정이 나는 순간이었다.

"그리고 공항의 궁중요리점 역시 잘 진행되고 있습니다. 그또한 확정이 될 것으로 압니다."

"그럼 상호를 바꾸는 일은 판문점 만찬 이후에 하도록 하겠습니다."

"그 예산은 우리가 지원할 수 있습니다."

손병기는 들떠 있었다. 그가 기획한 세계 정상의 정치지도 자들. 더불어 교황까지 한자리에 오게 되었으니 엄청난 성과 와 다르지 않았다.

"으아… 한중도 아니고 한미중러에 교황까지……."

손병기가 돌아가자 종규와 재희가 몸서리를 쳤다.

"이번에는 쫄아라."

"왜? 맨날 쫄지 말라더니?"

종규가 물었다.

"바짝 긴장하라는 뜻이다. 한 사람도 아니고 무려 네 사 람… 아니, 우리 대통령까지 다섯 사람이니까."

"으아, 메뉴는 뭘로 할 거야?"

"각자 한번 짜봐라. 너희들 약선요리 대회 예행연습 삼아."

"우, 우리도?"

"왜? 너희는 사옹대 셰프들 아니냐? 대통령에게 문제가 생기 면 총리가 나서듯, 나 다음에는 너희들이야."

"우워어……."

"일주일 준다. 만한전석처럼 상다리 부러뜨릴 생각 말고 우 리 궁중요리, 우리 약선요리 중심으로 구상해 봐라. 종규는 궁중요리로, 재희는 약선요리로."

민규가 화두를 던졌다. 민규식의 실전 담금질이다. 자지러지던 종규와 재희의 눈빛에 이내 독기가 오르기 시작했다. 두렵지만 민규라는 든든한 등대를 지닌 두 사람. 새로운 과제에 기꺼이 온몸을 바쳤다.

민규는 그날, 차만술과 마주 앉았다.

"이번 건배주도 내가 맡으라고?"

그가 거품을 물었다.

"그럼 누가 합니까? 이제 이 나라 민속주의 명인은 차 사장님이십니다."

"그, 그거야 이 셰프가 아이디어며 뭐며 도와준 덕분에⋯⋯."

"아이디어는 이번에도 드립니다."

"그렇다면야⋯⋯."

"만찬의 주인공이 무려 다섯 분입니다. 보통 다섯도 아니죠."

꿀꺽!

차만술이 마른침을 넘겼다.

"그러니 다섯 배로 고생하셔야 합니다."

"그건 걱정 마. 오십 배라도 문제없어."

"그럼 말이죠⋯⋯."

그의 귀에 대고 구상을 건네주었다.

"키햐, 역시."

차만술이 주먹을 불끈 쥐었다.

"가능할까요?"

"가능 불가능이 어디 있어? 닥치고 만들어야지. 100%는 아니더라도 맞춰볼 테니까 걱정 마."

차만술이 자기 식당으로 뛰었다.

*　　　　*　　　　*

독기충전.

사기충천.

전의충만.

재희와 종규가 그랬다. 영업이 끝나면 문헌과 한의서, 고조리서에 몰입했다. 관련된 식재료 구입과 연습은 무제한 허락했다. 요리는 상상으로 나오지 않는다. 만들고 또 만들면서 빈 곳을 완성해 가는 것이기 때문이었다.

민규도 당연히 몰입을 했다. 실수 따위야 생각지 않지만 최상의 만족이 필요했다.

'미슐랭 별 셋……'

민규 머리에 들어온 기본이었다. 미슐랭 별 셋이라면 오직 그 요리만을 먹기 위해 그곳에 가는 걸 추천하는 요리의 맛이다.

'그렇다면 적어도 별 다섯은 되어야겠지.'

민규의 기준이었다. 그만한 만족도는 되어야 그들의 격에 맞을 것 같았다. 정통 대령숙수의 후계를 자처한다면 국익에 그 정도 기여는 되어야 했다.

'됐고……'

그림 한 장을 끝냈다. 이윤의 기억에서 끌어낸 중국 황제들의 국빈 만찬 스케치였다. 뒤를 이어 또 한 장의 그림을 그려냈다. 이번에는 권필의 기억에서 가져온 고려의 국빈 만찬들… 두 장의 그림 위에 올린 건 원행을묘정리의궤에 이어 해동제국기, 영접도감의궤 등이었다.

해동제국기는 1471년 신숙주 등이 출간한 서적이다. 이 책에 일본 사신을 접대한 기록이 나온다. 7첩상과 5첩상에 해당하는 기록이었다. 영접도감의궤에는 중국 사신에 대한 접대의 예가 나온다. 좆바디가 나오고 9첩반상이 나온다. 수저는 은접시에 담아내고 국은 자기 사발에, 밥은 은바리, 육류 등의 구이 좆바디 등은 중간 크기의 접시에 담겨 나온다. 이 만찬의 구성은 밥, 국, 구이, 젓갈, 자반, 침채, 생채, 숙채 등으로 구성된다. 식재료가 과거와 다르므로 베껴낼 것은 아니지만 만찬의 정도를 더듬으며 전열을 가다듬는 민규였다.

그 위로 거슬러 고대를 돌아본다. 이윤 대의 최고 만찬은 질보다 양이었다. '의례'나 '공식대부례'의 상차림이 그렇다. 조금 시간이 지나면 '진귀함'으로 변한다. 여기를 지나면 내면적 사치 시대로 들어간다.

고려의 연회나 만찬으로 들어가면 내면적 사치를 엿볼 수 있다. 연회장의 실내장식에 비단이 등장하고 꽃단지에 꽃을 꽂으며 꽃계단과 옥주렴, 향과 등을 동원해 화려함을 연출한다. 음식도 그냥 놓지 않았으니 높이 쌓은 고임음식은 기본이오, 백학이나 연꽃 등의 꽃 장식 등을 통해 주빈을 공경하는 마음을 표했다.

이런 관점에서 보자면 다섯 왕들의 조찬은 세상의 온갖 부화를 다 동원해 장식해도 신통치 않았다. 한 왕도 아니고 무려 다섯이기 때문이었다.

만찬의 역사에서 의미만 추려냈다. 이를 테면 비단의 문양, 꽃단지에 꽂은 꽃잎의 미학적인 의미 등이었다. 세상은 변했다. 황금을 깔고 옥과 비단으로 치장을 해야 만족하는 시대가 아니었다. 그 품격들은 요리 안에 녹여 넣으면 될 일이었다.

쉬는 월요일, 민규는 종규와 재희, 할머니에 새로 채용한 다섯 명의 종업원까지 대동해 판문점을 찾았다. 청와대에서 안내에 나섰음은 물론이었다. 만찬장으로 쓰일 장소를 들러보고 그 테이블에 앉았다.

초자연수 30여 가지를 소환했다. 육천기도 물론이었다. 상지수, 즉 반천하수부터 하나하나 음미를 했다. 정화수를 맛보고 납설수를 마셨다. 이 자리에 어울리는 초자연수는 무엇일까? 장소에 따라 물맛도 변할 수 있는 법. 그게 인간의 미각이었으니 최상의 조합을 찾는 것이다.

방제수를 추가하고 추로수도 떨구었다.

'어디 보자…….'

음미를 끝낸 후에 초자연수들을 바라보았다.

저요, 저요!

물들이 서로 손을 흔드는 것만 같았다. 그들도 안다. 좋은 자리에 올라가게 될 거라는 것. 그래서 한결 더 즐거운 민규였다.

다음으로 궁중요리들을 하나하나 더듬었다.

면류, 만두류, 탕류, 증류, 초류, 전유화류, 화양적류, 편육류, 단자병류, 조란류, 조과류, 정과류, 음청류…….

많았다. 그러나 결코 서두르지 않았다.

탕 하나만 해도 갈래가 여럿이다. 수어백숙탕을 시작으로 금중탕, 초계탕, 생치탕, 열구자탕, 완자탕…….

고음도 마찬가지였으니 양고음을 시작으로 홍합고음, 전복고음, 진계고음, 도가니고음, 우둔고음, 생치고음…….

많아서 좋았다. 이는 민족요리의 자산이었다. 후대의 학습자에게는 선대의 자료만큼 좋은 유산이 없었다.

그렇다고 인류 요리사(料理史)에 기록되는 초호화판의 요리를 만들자는 것은 아니었다. 대통령의 주문은 세계정세의 주도와 자주성 확립이었지만 민규의 목적은 정치성에 있지 않았다.

초빛으로 돌아온 민규는 '요리 놀이'에 들어갔다. 머리를 싸매고 끙끙거린다고 아이디어가 나오는 건 아니었다. 때로는 진짜 놀이가 필요했다. 견과류로 새 소스를 만들고 채소를 굽거나 부숴보기도 했다. 그러던 차에 안드레 주를 맞게 되었다. 민규에게 영감 여행을 오던 그 유명 패션 디자이너였다. 그녀는 혼자가 아니었다.

"라미네?"

민규 눈이 휘둥그레졌다. 그녀 옆에 우뚝한 외국인은 라미네가 분명했다.

"만나서 반갑습니다."

그가 손을 내밀었다. 세계 최고의 창의성을 자랑하는 레스토랑의 창업자. 언제 한번 데려오고 싶다더니 오늘이 그날이었다.

"라미네가 새 요리 아이템 개발 여행 중에 부탄에 들렀다가 오키나와에 왔다지 뭐예요? 셰프를 자랑하려고 바로 비행기 티켓을 보내 버렸어요."

안드레 주가 웃었다.

"정말 영광이네요. 꼭 한 번 뵙고 싶던 분입니다."

민규가 자리를 권했다. 정말이지 반가운 손님이 아닐 수 없었다.

"저야말로… 감히 올 생각을 못 했는데 안드레 주 덕분에 호사를 누리게 되었습니다."

라미네의 영어는 겸허했다. 자세 또한 소탈하고 겸손했다.

"별말씀을… 선생님에 비하면 저는 그저 일천할 뿐입니다."

"천만에요. 머큐리 재단 단독 만찬까지 맡으셨지 않습니까? 사실 저도 3년 전에 그쪽 초빙 대상자 최종 리스트까지 올라가기는 했는데 거기서 잘렸지 뭡니까? 당연히 저보다 백배 나은 분입니다."

"그게 정말입니까?"

"그럼요. 그래서 제가 이렇게 더 악착같이 방랑을 하는 것 아닙니까?"

"겸손하신 말씀입니다. 안드레 주 선생님에게 얘기 들었을 때부터 꼭 한 번 선생님 요리를 먹고 싶었거든요."

"제 요리 별거 아닙니다. 첫 레스토랑의 메뉴가 운 좋게 먹힌 것뿐이죠. 아시잖습니까? 어느 정도 궤도에 올라가면 시스템이 알아서 해준다는 거……."

"별말씀을……."

"좋아요. 그럼 같이 만들어볼까요? 제가 실은 여기저기서 과용을 하는 바람에 카드 한도가 얼마 남지 않아서 셰프의 요리에 맛 들이면 한도 초과가 될지도 모르거든요."

라미네가 웃었다. 물론 농담이다. 그는 세계적인 레스토랑을 운영하는 사람. 사람이 소탈하니 이런 말도 할 수 있었고, 민규도 그런 태도가 마음에 들었다.

"그러시면 영광이지만 조금은 기다리셔야 합니다. 아직 예약 테이블이 두 개 남아서……."

"얼마든지 기다리죠."

라미네의 반응은 더없이 쿨했다.

"그럼 약수를 드시면서 천천히 산책이나 하고 오시면……."

납설수를 내주었다. 여러 나라를 돌아치느라 피곤했는지 눈에 충혈이 있었다. 납설수라면 눈을 개운하게 만들어줄 수 있었다.

"창의적 요리로 유명한 라미네?"

종규 눈이 단박에 휘둥그레졌다.

"우와, 저 사인받고 싶어요."

재희는 한술 더 뜬다.

"야, 너… 우리 형을 두고……."

종규가 핀잔을 날리자…….

"셰프님은 셰프님이고 라미네는 라미네지."

재희가 당찬 응수를 했다.

"이따가 소개시켜 줄 테니까 주문이나 마치자."

민규가 정리를 했다. 존경하는 사람은 많을수록 좋다. 요리도 마찬가지다. 궁중요리와 약선요리를 한다고 딱 한 가지에 꽂힐 필요는 없다. 뜻밖의 손님을 맞이한 민규, 요리하는 손이 팽이처럼 빨라졌다.

민규와 라미네.

두 사람이 조리대 앞에 섰다. 라미네는 자신만의 조리 칼을 가지고 있었다. 어디서라도 요리하기 위한 준비물이라고 했다. 귀한 손님이 왔다니 차만술도 내려왔다. 안드레 주와 나란히 앉아 이벤트를 즐기게 되었다.

"우와, 전에 왔던 아델슨이나 치노 님하고는 또 다른 포스야."

재희는 바짝 고무되어 있었다.

"얼씨구, 너 설마 라미네 응원?"

"응원도 못 해? 어차피 셰프님 홈그라운드인데 인심 좀 써야지."

"뭐 그렇기도……."

종규가 머쓱한 표정을 지었다. 라미네는 대단하지만 민규를 넘을 걸로는 생각지 않았다.

"식재료는 뭐로 준비해 드릴까요?"

조리복을 내준 민규가 물었다. 라미네의 시선이 도마 옆 채소 바구니로 향했다. 양송이와 고추 등이 보였다.

"마침 고추가 있군요. 이거면 부탄에서 배운 요리를 만들 수 있을 것 같습니다."

'부탄의 요리?'

"돼지고기구이 스쿠파와 양송이볶음 샤무다찌, 칠리치즈커리 이마다찌입니다. 셰프께서는 라이스나 누들을 좀 삶아주시면 좋겠습니다. 누들 아니면 딤섬도 무방합니다."

"다 해드리죠."

"아, 라이스는 붉은 걸 사용하시면 더 좋습니다. 부탄의 이 마다찌는 붉은 라이스와 잘 어울리니까요."

"알겠습니다."

민규가 답했다.

"스큼파용 재료입니다."

라미네 손에 들린 건 건조기에서 꺼낸 돼지고기. 껍질째 살짝 말려서 꺼내 들었다. 거기에 무, 당근, 파프리카, 시금치 등을 넣고 마늘과 생강 양념을 한 후에 마른 고추를 찢어 넣고는 불을 댕겼다.

딸깍!

"이마다찌와 샤무다찌는 같이 할 겁니다."

라미네의 손이 빨라졌다.

이마다찌.

칠리치즈커리라더니 과정을 보니 이해가 갔다. 어떻게 보면 꽈리고추를 밀가루나 찹쌀가루에 버무려 밥솥에 쪄낸 후에 무치는 것처럼 보였다. 간장 대신 소금으로 간을 하고 밀가루 대신에 치즈가 들어가며 꽈리고추가 아니라 홍고추를 쓰는 게 달랐다.

"이마는 칠리라는 뜻이고 다찌는 치즈입니다."

설명과 함께 요리가 진행되었다. 널찍하게 툭툭 찢어 넣은 고추에 이어 마늘과 생강이 투하되고 치즈가 들어갔다. 그대로 졸여내면 고추의 위용이 불타는 커리가 될 판이었다.

다음은 양송이였다. 샤무다찌다. 이번에도 어김없이 고추가 들어간다. 양송이에 채소를 넣고 치즈로 볶아냈다. 손놀림은 유려하다. 군더더기라고는 티끌만큼도 엿보이지 않았다.

'매콤한 계열…….'

민규의 요리는 이마다찌에 맞췄다. 이마다찌가 자작하게 익어 나올 때쯤 푸근한 만두 '소방'을 꺼냈다. 선홍색과 샛노란 빛깔이 우러나니 우아하기 그지없었다.

"와아, 부탄 만두 '무무'와는 또 다른 자태로군요."

라미네가 입을 쩌억 벌렸다. 그의 평이 마음에 들었다. 민규의 요리를 띄우기 위해 부탄의 요리를 깎아내리지 않았다. 세상 모든 요리의 개성을 인정하는 마음씨를 갖춘 라미네였다. 그가 요리를 담아내자 민규가 돌솥 뚜껑을 열었다. 팥물 입힌 왕의 밥, 적두수화취였다.

"……!"

밥의 위용을 본 라미네, 그 자리에서 눈빛이 굳었다. 밥알이 알알이 살아 숨을 쉬는 것. 그 하나하나가 독립된 밥이라고 소살거리는 포스. 조명이라도 비추는 듯 탱글한 윤기마저 흐르니 그 존엄에 반한 것이다.

"아아……."

몇 알 집어넣은 그의 입에서 애간장이 녹는 소리가 나왔다.

"단연코 제가 먹어본 라이스 중에 최고입니다."

라미네의 엄지에는 부러질 정도로 힘이 들어가 있었다.

─부탄의 매운 돼지고기 조림과 매운 커리, 그리고 매콤한 양송이 치즈 볶음.

─민규의 팥물밥과 투명 만두 소방.

이색적인 매칭이지만 제대로 어울렸다. 색감부터 그랬다. 스큼파와 이마다찌, 샤무다찌 모두 붉은색이 도드라졌다. 특히 홍고추를 널찍하게 찢어 넣은 이마다찌가 그랬다.

민규의 팥물밥 역시 붉은 계열이니 은은하게 어울렸고 소방의 속에는 새우를 살짝 으깨 넣어 선홍빛이 비쳐 나왔다. 라미네의 요리를 넘지 않는 선에서 제대로 보조를 이루는 민규였다.

"셰프님 덕분에 제 요리가 빛이 나는군요."

라미네는 인사를 잊지 않았다. 그런 다음 이마다찌 반을 덜어 적두수화취에 부어버린다.

'비벼?'

민규의 상상은 잠깐 만에 빗나가고 말았다.

'주먹밥?'

라미네의 손길은 두 번째 상상 쪽으로 옮겨 갔다. 비빔밥을 만들듯 밥알 하나하나를 정갈하게 섞더니 먹기 좋은 크기로 뭉쳐놓는 게 아닌가? 홍고추. 밥알과 섞어놓으니 해당화나 장미를 섞은 듯 자태가 고왔다.

"그럼 시식을 부탁합니다."

눈 깜짝할 사이에 메뉴 하나를 더해놓은 그가 식사를 알렸다.

홍고추 주먹밥 이마다찌.

어떤 맛일까?

"……."

입안에 들어온 맛은 의외로 정갈했다. 매콤한 냄새가 나긴 하지만 심하지 않았다. 매운 정도와 밥알의 양을 귀신처럼 맞춘 것이다. 입맛이 밍밍할 때 하나 먹으면 통쾌한 생각이 들 정도였다.

다음은 돼지고기요리 스큼파였다.

얘는 또 어떤 맛?

"……?"

입안에 들어온 돼지고기는 상상외로 쫄깃했다. 동시에 돼지고기의 구수하고 담백한 맛이 제대로 살아 있었다. 심지어는 비계 부분까지도 식감이 좋아 느끼함 따위는 개나 줄 판이었다.

"우와."

재희도 그 맛에 반했다. 종규도 마음에 드는 눈치고 차만술 역시 연신 고개를 끄덕거렸다.

"키햐!"

그사이에 라미네가 탄성을 터뜨렸다. 그의 입에 들어간 건 소방이었다. 투명한 소방을 이마다찌에 찍어 먹은 것. 소방의 맛이 심심하니 그 매칭이 예술이었다.

"기가 막히는군요."

라미네는 맛에 취해 어쩔 줄을 몰랐다. 안드레 주도 그 뒤를 따랐다. 그녀의 표정 역시 관리 불가의 황홀함으로 빠져들었다.

"만두가 약간 싱겁지 않나 했는데 여기 찍어 먹으니 환상 궁합이네요. 매콤한 이마다찌의 맛에 자석처럼 달라붙는 새우의 담백함, 두부의 푸근함, 그리고 바나나의 달콤함… 매운맛을 내려주면서 맛의 상승 작용을 일으키고 있어요."

그녀의 미각은 제대로였다. 민규가 의도하던 바를 정확히 짚어내고 있었으니 민규의 의도도 그랬다. 민규는 사실 라미네의 요리 과정을 통해 매운맛의 정도를 간파하고 있었다. 그렇기에 그 맛과 조화를 이루는 선을 찾아낸 것. 덕분에 부탄과 한국의 맛이 어우러져 또 하나의 즐거움을 창조하고 있었다.

"뭐예요? 처음 소개시켜 드렸는데 두 분, 마치 오래된 콤비 같잖아요."

안드레 주가 시샘을 냈다.

"안드레가 삐친 모양이군요. 셰프님, 후식은 제가 안드레 주의 기대에 부응해도 될까요?"

라미네가 민규를 바라보았다.

"기꺼이."

민규는 쿨하게 주방을 내주었다. 거기서 그가 기막힌 파격을 선보여 주었다. 식재료부터 그랬다. 그가 가려 모은 건 허드레 것들이었다. 이를 테면 방금 전의 요리에서 쓰고 남은 당근 껍질, 새우 껍질, 대파 조각, 그 옆의 삶은 계란과 바나나, 시금치 따위들… 심지어는 마지막 테이블에 나갔던 숭어 만두에서 나온 숭어의 비늘까지 거둬들였다.

그런 다음 닥치는 대로 두드리기 시작했다.

다닥타닥!

소리부터 난장이다. 격식이나 박자 따위는 없었다. 새우 껍질을 두드려 패고 대파를 가늘게 썰더니 바나나를 으깨고 계란의 속을 파냈다. 당근 역시 깍둑썰기에 이어 곤장을 치듯 두드렸다. 올리브유에 비벼진 그것들은 이내 끓는 기름 속으로 들어갔다. 숭어 비늘에는 전분물을 뿌리기도 했고 또 더러는 그냥 투하되기도 했다.

그리고… 마침내 그가 꺼내놓은 식재료가 모두의 시선을 압도해 버렸다.

'삼천발이……'

중세 성주의 문양 같은, 혹은 마른 나뭇가지 뭉치처럼 보이지만 삼천발이가 맞았다. 삼천발이는 천 개의 갈래를 가졌다. 입도 달렸으니 장어(章魚)에 속한다. 구이로 먹고 약으로도 쓰니 정진도가 그랬다. 어부들조차 징그럽다고 버리는 삼천발이. 그러나 구우면 먹을 수 있고 말려 약으로 쓰면 양기를 돕는다. 가난한 천민들에게는 유용할 수밖에 없었다.

'약성을 알고 쓰는 걸까? 아니면 그저 독특한 식재료로 쓰는 걸까?'

궁금해졌다.

"뭐야?"

종규 고개도 갸웃 돌아갔다. 재희도 예외는 아니었다. 다른 사람이 저러고 있으면 바로 목덜미를 잡아 끌어냈을 종규. 세계적인 셰프가 넣는 식재료이자 퍼포먼스니 정신 줄이 나갔다고 해도 어쩔 수가 없었다.

소스도 난장으로 이어졌다. 주방을 뒤져 이것저것 가져오더니 멋대로 뿌려댔다. 정말이지 크레이지 발광 쇼라고 하면 딱 맞을 광경이었다.

종규 마음을 읽은 건지 라미네의 후식 명명도 그런 계열이었다.

"내 멋대로 만든 크레이지 디저트입니다."

내 멋대로가 '내 꼴리는 대로'로 들렸다. 하지만⋯⋯.

"⋯⋯!"

접시를 본 모두의 눈이 뒤집혔다. 만드는 과정은 꼴리는 대로였지만 접시 위의 디저트는 그게 아니었다. 거친 반항이 야성의 순수로 바뀐 것이다. 민규는 그 의도를 알았다. 그의 디저트는 이마다찌의 연장선이자 통일성의 완성이었다. 재료를 거칠게 다룬 건 이마다찌에 넣은 고추의 형태에 맞춘 까닭이었다.

정갈하다는 것.

그것은 곧 반듯하게 다듬은 식재료나 키를 맞춘 비율에서 오는 정서가 아니었다. 이렇게 거친 손길로도 통일감을 줄 수 있으니 그게 바로 조화였다. 식재료 위에 뿌려진 소스도 그랬다. 블루베리 소스를 거칠게 뿌리고 그 위로 으깬 계란 노른자와 으깬 배를 흩뜨려 놓았다. 그 부조화가 또 기막힌 조화가 되어 독특한 디저트를 창조한 것이다.

아삭바삭!

고소담백!

상큼새콤!

부조화가 입안에서 오케스트라의 앙상블을 만들었다.

짝짝!

박수는 민규의 것이었다. 종규와 재희도 뒤를 따랐다. 차만 술까지 박수를 더하니 라미네가 깍듯한 인사로 화답을 했다. 요리를 아는 사람과의 시간. 게다가 열린 마음의 셰프이고 보니 마음까지 따뜻해지는 느낌이었다.

"선생님."

민규가 라미네에게 질문을 이었다.

"아까 쓰신 삼천발이 말입니다."

"셰프는 아시는군요?"

"조금요… 어떤 의미로 쓰신 건지 궁금합니다."

"부탄으로 가던 중에 중국에서 구한 건데 광사미(筐蛇尾)라고 부르더군요. 생김새가 재미난 데다 양기를 북돋는 역할을 한다기에 구해두었는데 셰프님의 약선요리가 또 양기를 돕는 요리라기에 분위기를 위해 넣어보았습니다."

라미네. 삼천발이의 용도를 정확히 알고 있었다. 그저 호기심만을 앞세우는 사람이 아니었으니 그의 내공이 빛나는 순간이었다.

"새로운 식재료를 보면 다 그렇게 공부를 하십니까?"

민규가 물었다.

"모노노아와레."

"모노노아와레라면 일본의 미학?"

"아시는군요? 제가 한때는 일본의 초밥에 심취한 적이 있는데 그때 지도해 주신 이타마에 상이 그래요. 스시를 제대로 하려면 모노노아와레, 즉 생선과 쌀의 마음을 알아야 한다고요."

"······?"

"그걸 이해하고 나니 모든 식재료에게 적용하게 되더군요. 식재료의 마음… 그 오묘한 걸 알게 되면 요리가 달라지죠. 셰프의 요리 철학도 그런 것으로 압니다만······."

그가 방긋 웃었다. 공감했다. 모든 경지들은 서로 통한다. 새삼 확인하는 순간이었다.

이제는 민규가 나섰다. 라미네에게 응답하는 디저트였다. 질박한 그릇에 담겨 나온 건 배샌드위치였다.

배샌드위치.

아래위에는 즙이 많고 시원한 배를 얇게 저며 두 조각씩 놓았다. 배 사이에는 같은 두께의 무가 들어갔다. 서리 맞은 무를 저장한 것이니 그 맛은 배를 닮았다. 이는 이규보의 가포육영에도 나오는 내용이었다. 패티는 얇게 빚은 규아상과 냉이튀김, 그리고 구운 홍시와 석류알을 뿌렸다. 멋대로(?) 만든 라미네와 보조를 맞추듯 미나리 끈으로 투박하게 묶어냈다.

"원더풀, 사계절 맛이 납니다!"

한 입 베어 문 라미네가 엄지를 세웠다. 봄의 맛 냉이에 이어 여름 만두 규아상, 가을을 상징하는 감과 석류로 먹음직한 붉은색을 살리는 동시에 소스의 구색을 갖추었다. 그걸 품고 있는 배의 색감은 설원의 흰색이었으니 사계절 맛에 다르지 않았던 것.

"홍시의 속살은 풍후한 소스요, 석류알은 새콤하고 깔끔하게 입맛 정리, 배의 아삭함에 더불어 딤섬에 수분까지 더해주니 입안에 오미의 박물관을 넣은 기분입니다."

라미네는 아이처럼 좋아했다.

"우리 라미네 셰프님 어때요?"

디저트 공방이 끝나자 안드레 주가 민규에게 물었다.

"가히 초월자적인 셰프신 것 같습니다."

진심이었다. 식재료를 다루는 것부터 인품과 자세, 무엇 하나 흠잡을 데 없는 셰프였다.

"초월자는 셰프님이시지요. 부탄 요리에 맞춰주는 라이스와 딤섬의 배려로도 알 수 있었습니다."

라미네가 겸손하게 응수했다.

"과찬입니다."

"그럴 리가요? 셰프께서는 부탄의 요리를 모르시는 눈치였습니다."

"그건 맞습니다. 처음 보는 요리였습니다."

"그러니 보세요. 처음 본 저에게, 처음 본 메뉴에, 처음 본 맛에 마치 오랜 시간 손에 익은 듯 앙상블을 이루어 맛을 살려주었습니다. 제가 아는 셰프들도 대개 구색은 맞춰주었지만 매운맛의 농도만큼 라이스의 맛을 조절해 주는 셰프는 없었습니다. 더구나 딤섬은… 제 부족한 맛까지도 보완……."

"먼 길 오신 분께 좋은 요리도 내주지 못했는데 그렇게 말씀하시면……."

"천만에요. 셰프님의 요리는 이것으로 충분합니다. 처음에 맛본 몇 알의 라이스… 그 어떤 성찬보다도 찰진 맛이었거든요. 게다가 사계 샌드위치는 시고 쓰고 달고 맵고 짭짤하고… 오미의 정석으로 최고의 맛을 이루어낸……."

"……."

"역시 창조의 궁극은 기본이라는 깨우침을 얻었습니다. 제 레스토랑으로 돌아가면 라이스와 오미를 이용한 신메뉴를 만들어야겠습니다. 셰프의 라이스처럼 몇 알만으로도 애절하고 아련하게 미각을 자극하는… 기본 오미로 새로운 감동을 주는……."

그는 정말 감격에 겨운 얼굴이었다. 그렇기에 감히 다른 말을 하지 못했다. 이런 자세는 정말 본받을 만했다. 작은 것에서 찾아낸 맛에 감격하고 재음미하는 마음. 정진도의 삶이 그러했기에 더욱 공감이 가는 민규였다.

"아, 내 정신……."

넋을 놓고 있던 안드레 주가 무릎을 치며 일어섰다.

"왜요?"

민규가 그녀를 바라보았다.

"두 분이 서로 무아지경에 빠져 계시니 저까지 정신 줄을 놓고 있었네요. 실은 이거……."

그녀가 민규 앞에 포장 하나를 꺼내놓았다.

"뭐죠?"

"제 작은 마음이에요. 열어보세요."

'마음?'

가만히 포장을 열었다. 안에서 나온 건…….

"와우!"

민규를 대신해 소리친 건 종규였다.

"요리복이야."

재희도 함께 소리쳤다.

"……."

민규의 시선은 옷에 꽂혀 있었다. 숙수복이었다. 단아한 파스텔 톤의 색감을 골라 유려하게 만든……

"판문점에서 세계평화의 만찬을 주관하신다고요? 그 소식을 듣고 만들어보았어요. 제게 영감을 주신 데 대한 작은 보답이에요."

안드레 주가 웃었다. 안으로 들어가 옷을 갈아입었다. 자연스러운 핏에 유려하게 이어지는 라인이 비단을 걸친 것만 같았다. 착용감이 기막히니 입은 느낌조차 들지 않았다.

"어때요?"

민규가 나오자 안드레 주가 물었다.

"너무 편하고 좋은데요? 마치 조선시대 상의원 최고의 상궁이 지어낸 숙수복 같습니다."

"만찬 때 입어주시겠어요?"

"그렇잖아도 만찬 때 어떤 숙수복을 입을까 고민하던 중이었는데 제 마음을 훔쳐보셨군요. 꼭 입도록 하겠습니다."

라미네와의 만남은 뜻깊었다. 그의 인품이 그랬고 요리 세계가 그랬다. 그 역시 민규의 초자연수에 열광했다. 약수 마니아 영국 왕세자 이상이었다. 약재에도 관심이 많았다. 창고에 보관한 수십 종의 약재를 하나하나 맛보고 음미했다. 뭔가 떠오르면 바로 적거나 동영상을 찍었다. 맷돌과 숯불 아궁이까지 돌아본 그가 겸허한 소감을 밝혔다.

"맛의 보고가 여기 있었군요. 당신의 레스토랑은 뭐랄까?

고대와 중세, 그리고 현대의 맛이 제대로 정렬된 요리의 도서관 같은 느낌입니다."

그 말에 뜨끔하는 민규였다. 민규의 가게에는 4생의 흔적이 모여 있다. 고대의 이윤이 있고 중세의 권필, 근세의 정진도와 현대의 민규… 라미네는 역시 대가가 분명했다.

"판문점 평화 만찬, 지구 어디에 있더라도 성원합니다."

떠나기 전 그가 축복을 전해왔다. 가만히 포옹을 했다. 안드레 주도 그랬다. 어쩐지 교감이 통하는 사람들. 보내기 싫을 정도지만 그렇기에 가뜬하게 보내주었다. 다음 만남을 기대하며.

송이버섯, 해초, 무화과와 석류, 삶은 계란, 토마토, 살구, 솔잎, 돼지감자, 홍시, 그리고 육류 덩어리들… 주방에서 식재료를 바라보던 민규가 손을 놀리기 시작했다.

반듯반듯!

정갈정갈!

그런 포스가 아니었다. 라미네처럼 부수고 썰고 뭉개고 짓이기고… 볶고 구워내고 떡을 치고… 심지어는 배와 딸기, 솔잎과 죽물 막까지도 튀기고 파뿌리와 미나리 뿌리, 파인애플 껍질까지 튀겨내는 민규…….

평화.

이 단어는 질서를 의미한다. 조화를 의미한다. 안정을 의미한다. 그렇다면 그 이전 상태는 어떤 것일까? 오미를 멋대로

섞어댔다. 시고 쓰고 달고 맵고 짭짤하고… 탱자즙에 산나물
즙, 꿀물과 청양고추, 붉나무소금…….

교황 水형.
한국 대통령 火형.
미국 대통령 金형
중국 대통령 木형.
러시아 대통령 土형.

자료로 맞춰본 다섯 사람의 체형은 재미나게도 각양각색이
었다.

木火金土水… 산고감신함미…….

산미(酸味)는 수렴한다.

고미는 단단하게 한다.

감미는 보(補)하고 늘어지게 하며 신미는 흩어지게 한다.

그리고 함미는 연(軟)하게 한다.

신맛에 쓴맛을 더하면,

단맛에 매운맛을 더하면…….

'맛이 살아나고…….'

신맛은 단맛에 억제되고,

매운맛은 쓴맛에 억제되고…….

요리의 완성은 원래의 맛을 살리며 빈 맛을 채워주는 것.

그러나 오늘의 민규는 맛의 승화가 아니라 기본에서 원초의 길을 찾고 있었다. 최고가 아니라 최하에서 시작하는 맛. 단계를 뛰어넘은 궁극이 아니라 차근차근 쌓아가는 맛…….

시고 쓰고 달고 맵고 짜고…….

거기서 민규의 촉이 벼락처럼 반응을 했다.

판문점 만찬의 주제는 평화.

평화야말로 기본이 필요한 문제.

'이거로군.'

우직한 기본 승부.

마침내 판문점 만찬의 주제를 결정하는 민규였다.

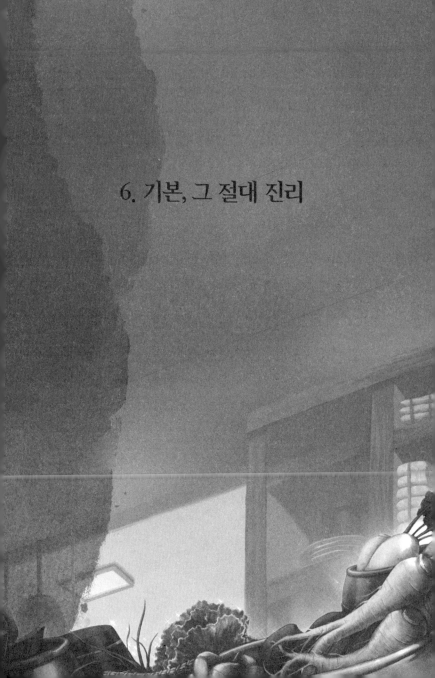

6. 기본, 그 절대 진리

〈세기의 지도자들, 세기의 만찬〉
〈만찬요리의 지도를 바꾼다〉
〈요리의 절대 기준 식황(食皇) 이민규 셰프〉

보도와 논평들이 쏟아지기 시작했다. 뉴욕을 시작으로 파리와 베이징, 모스크바 등의 유력 통신사와 언론들도 바짝 달아올랐다. 머큐리 재단의 새해 성찬이 분석되고 한중 만찬의 메뉴들이 해부되었다. 특별한 인터뷰 기사도 나왔다. 놀랍게도 인도의 거부 사리타가 주인공이었다.

'시든 영혼도 구제하는 구원의 요리.'

'먹는다는 개념을 다시 쓰게 하는 요리.'

'신에 필적하는 단 한 사람의 셰프.'

그녀의 증언을 세 줄로 줄이면 그랬다.

거기에 미국을 대표하는 레오폴트의 칼럼이 인용되었다. 미식계의 양대 거물 루이스 번하드와 클랜튼의 소감까지 붙었다. 그렇기에 그 누구도 반박 불가의 환경이 조성되었다.

탄수화물의 향연이 아니라 정갈한 자연식의 절정.

사치나 향락의 향연이 아니라 해독과 정화의 식탁.

두 이미지로 정리되는 민규의 요리 세계였기에 다섯 지도자에 대한 '오버액션' 따위는 제기되지도 않았다.

말 그대로 만찬을 통한 세계평화의 조성 분위기가 형성되고 있었다.

국내의 분위기도 크게 다르지 않았다.

박세가를 비롯한 궁중요리가들, 장광과 유혜정 등을 필두로 하는 약선요리계 모두 확고한 지지를 보내주었다. 양식 요리사들과 일식 요리사들도 그 분위기를 반겼다. 판문점 만찬은 한국 요리가 도약하는 하나의 계기가 분명했다. 어느 누구에게도 해가 되지 않는 것이다.

성가신 일도 있었다. 취재진들의 성화 때문이었다. 민규는 만찬에 대해 철저하게 보안을 유지하고 있었다. 보안의 도움은 청와대가 주었다. 경찰에 지시를 내려 '사옹대'로 진입하는 입구에서부터 취재 차량을 통제해 주었던 것.

그렇다고 포기할 기자들은 아니었다. 때로는 손님을 가장하고, 또 때로는 지인을 동원해 기존의 예약을 '사는' 방식까지 동원했다.

　덕분에 며칠은 시장에도 나가지 않았다. 거기까지 따라붙는 취재진들 때문이었다. 그럼에도 식재료 조달에 문제는 없었다. 민규의 손발이 되어주는 황창동과 이영자 등의 지지자들 덕분이었다.

　사옹대 간판은 정식으로 설치되었다. 사소한 소품들도 그에 맞춰 바뀌었다. 메뉴판도 그렇고 장식들도 그랬다. 사옹대 현판이 걸리는 날, 민규의 초자연수를 담아내던 유리잔도 버전 2.0으로 바뀌었다. 이상배의 선물이었다.

　"제 마음입니다."

　그가 새로 만든 사옹대 전용 유리공에 잔은 제대로 업그레이드 버전이었다. 그 얼마 사이에 그의 입지도 굉장하게 변했다. 머큐리 재단의 초청 때문이었다. 그들은 아무나 초청하지 않았으니 국내 예술계가 발딱 뒤집혀 버렸다. 전시 그 자체만으로도 이상배의 몸값은 천정부지로 올라가 있었다.

　3억.

　민규가 내준 작품비였다. 물론 그는 받지 않았다.

　"그렇다면 저도 이거 쓰지 않겠습니다."

　민규도 만만치 않았다. 돈은 인사로 내준 게 아니었다.

　"셰프님……."

"훌륭한 예술품은 그에 합당한 가치를 치러야 합니다. 뉴욕 전시 결정된 후에 첫 거래일 테니 제가 기여하고 싶을 뿐입니다."

"안 됩니다. 제가 누구 덕분에 거길 가는데요?"

"그렇다면 제가 누구 덕분에 당신을 거기 소개할 수 있었는데요?"

"예?"

"당신 덕분입니다. 이 멋진 물잔으로 우리 가게의 오늘에 기여하셨잖아요?"

"셰프님……."

"받으세요. 아니면 이 작품들 거절합니다."

이 흐뭇한 거래의 승자는 민규였다. 이상배는 눈시울을 붉힌 채 돈을 받아 들었다.

첫 시음 잔의 기회는 이상배에게 주었다. 이번에는 상지수였으니 신묘한 물맛처럼 그의 예술 세계가 하늘까지 뻗기를 기원하는 마음이었다.

"어때요?"

민규가 물맛 소감을 물었다.

"영혼이 정화되는 것 같습니다. 정성을 쏟았지만 셰프님의 약수를 담기에는 아직 제 솜씨가 달리는 느낌입니다."

이상배가 얼굴을 붉혔다.

지금까지 쓰던 유리잔들은 카운터 옆 장식 칸에 고이 모셔

두었다. 초빛의 역사가 사옹대로 바뀐다는 증표이기도 했다.

그날 저녁, 차만술이 건배주 샘플을 가져왔다. 민규가 시음을 했다.

"어때? 대략 흉내는 낸 거 같아?"

민규가 주문한 건 조선시대 특산 술의 조합. 쉽지 않을 걸로 생각했는데 아주 근접한 맛이 나왔다.

"거의 완벽합니다."

민규가 엄지를 세워주었다.

마침내 만찬 이틀 전.

"……!"

민규 머리에 또 하나의 불이 들어왔다. 이번에는 메인 장식이었다. 영국 여왕의 만찬과 한중 정상 만찬의 메인 장식. 그에 못지않은 상징 장식을 생각하던 민규. 그 힌트를 남예슬의 선물에서 얻었다.

―새는 알을 깨고 나온다.

헤르만 헤세의 명작 데미안에 나오는 챕터 제목.

평화의 상징으로 비둘기 조각을 하던 민규. 기막힌 비주얼의 흰 비둘기를 조각했지만 성에 차지 않았다.

그대로 접시에 세우면 누구나 아는 그저 그런 상징이 될 것 같았다. 민규라면 밋밋하다. 그 고민을 깨준 게 '새는 알을 깨고 나온다'라는 구절이었다.

알…….

시리도록 흰 비둘기상에 평화 탄생의 신화를 부여할 수 있는 소재.

　영업을 마칠 즈음에 청와대에서 보낸 차가 들어왔다. 손병기 비서관과 수행 직원이었다. 대통령과의 약속이 있었다.

　"이 셰프님."

　주용길이 민규를 맞았다. 그의 집무실이었다. 집무실 노트북 옆에는 몇 권의 책이 보였다. 놀랍게도 '요록', '규합총서', '수문사설' 등의 고요리서였다.

　"아, 저거요?"

　민규가 관심을 보이자 대통령이 설명에 들어갔다.

　"전에 왕의 수라에 대해 말하지 않았습니까? 고려와 조선의 왕들은 먹거리 하나에서도 백성의 삶을 살폈다고."

　"예……."

　"옛것을 강조하는 건 고리타분하지만 옛것에서 배우는 것은 아름답더군요. 해서 틈틈이 요리서를 보며 국민을 위한 작은 기쁨을 구상합니다. 덕분에 영부인께도 점수를 따고 있고요."

　"요리도 하시는군요?"

　"요리라는 게 입으로 공부하는 게 아니지 않습니까? 나름 재미가 있더군요. 어제는 요록에 나오는 출전(朮煎)을 만들어 직원들에게 돌렸습니다. 솜씨가 메주라 인기는 없었지만요."

"그러셨군요."

"요리와 왕에 대한 재미난 에피소드가 또 없나요?"

"뒤끝 작렬 에피소드가 있기는 합니다만……."

"뒤끝 작렬이라… 왕의 덕목은 아니지만 왕이 행해서도 안 될 일이로군요. 현대사의 정권들이 뒤끝 작렬의 정치 보복 행태를 버리지 못했으니 꼭 듣고 싶습니다."

"남가몽이라고 대한제국 때 관리를 지낸 분의 책에 나오는 군밤에 얽힌 일화인데 팩트인지는 알 수 없습니다. 그저 재미로 들어주십시오."

"그러지요."

"고종께서 열두 살에 즉위를 하셨는데 옥좌에 앉기 무섭게 재미난 명령을 내리셨습니다."

"……."

"바로 계동의 군밤 장수를 잡아다 처형하라는 거였죠."

"군밤 장수요?"

"예."

"게다가 처형?"

"예. 그런데 그 까닭을 알고 나면 한바탕 배꼽 웃음이 나오게 됩니다."

"……."

"이유인즉 고종께서 즉위하기 전에 우연히 군밤 장수를 보았고 먹고 싶은 마음에 하나만 달라고 했던 모양입니다. 군밤 장수가 그걸 거절하자 두고두고 곱씹었던 모양입니다."

"하핫, 재미난 일화군요. 고종이라면 흥선대원군의 아들이 아닙니까?"

"예."

"왕실의 눈을 피해 비루한 척 살던 흥선이었기에 아들에게 유교적 교육을 세게 시키지 않았을 수도 있다는 말이 있더군요. 가난한 살림이었으니 그럴 수도 있었겠습니다."

"그런 복합적인 이유로 고종은 새로운 문물에 유연하게 대처하는 왕이 되셨을까요?"

"가능성이 있는 말씀이군요. 옥좌에서의 첫 일성이 군밤 안 준 군밤 장수를 잡아다 처형하라라……."

"일화라기에 말씀드린 것뿐입니다. 웃어넘겨 주십시오."

"말씀은 농담이지만 좋은 경계가 되는군요. 왕의 한마디는 사적이든 공적이든 오래가고 멀리 가는 것이니 대통령 또한 본보기로 삼아야 할 말인 것 같습니다."

"……."

"그건 그렇고… 바쁘신 분을 부른 건 판문점 만찬에 대한 보고를 드려야 할 것 같아서요."

"보고라니요. 당치 않습니다."

민규가 정색을 했다.

"왜 보고가 아닙니까? 이 만찬의 군신좌사에서 '군'은 이 셰 프님입니다. 물론 공식적으로는 방한하는 네 사람의 지도자들이 군이겠지만요."

"대통령님……."

"그렇지 않습니까? 네 분 지도자들은 이 셰프님의 요리 때문에 오시는 겁니다."

"……."

"손 비서관, 보고드리세요."

대통령이 손병기를 바라보았다.

"예."

지시를 받은 손병기가 노트북에 화면을 띄웠다.

"교황과 미국 대통령은 내일 먼저 방한합니다. 중국 주석과 러시아 대통령은 모레, 당일 아침에 한국에 도착한다는 통보가 왔고요. 이분들은 별도의 회담이나 미팅 없이 판문점으로 직행하게 됩니다. 현재 예상으로는 오전 11시에 판문점에 도착해 주변을 둘러보고 12시 30분에 만찬장에 입장할 예정입니다."

'12시 30분…….'

"외교적인 통로를 통해 들어온 정보에 의하면 세 대통령은 건강상의 특별한 애로는 없는 것으로 알고 있습니다. 다만 교황께서는 당뇨가 좀 있다고 합니다."

"그건 제가 약선으로 다스릴 수 있습니다."

"더 필요한 정보가 있으면 말씀하시지요."

"없습니다. 저한테 중요한 건 시간뿐인데 이미 알려주셨으니······."

"식재료나 식기 등, 필요한 물건이 있으면 추가로 말씀하셔
도 됩니다."

"그건 준비가 끝났습니다."

"인력은요? 변동 사항은 없습니다."

"없습니다. 저희 종업원들과 부셰프들 신원 조회는 끝났습
니까?"

"끝났습니다."

"테이블과 만찬장은 어떻습니까?"

"그 또한 셰프께서 원하는 대로 배치를 했습니다."

"그럼 됐습니다."

"만약을 위해 헬기를 준비해 뒀습니다. 혹 긴급하게 필요한
식재료가 있거나 하면 언제든 말씀해 주시기 바랍니다."

"그러죠."

"끝났나?"

손병기가 화면을 닫자 대통령이 물었다.

"예."

"그럼 이제 이 셰프 손에 달렸군요."

대통령의 시선이 민규에게 넘어왔다.

"최선을 다하겠습니다."

"셰프께서는 대령숙수들의 일화를 많이 알고 있다고 하셨죠?"

"예, 조금은······."

"고려나 조선은 대대로 중국 황제들의 사신을 많이 모셨겠
죠. 더러는 그 사신들과 국운을 건 담판을 벌이는 만찬도 있
었을 테고……."

"많았지요."

"이번 만찬도 그 어느 때 못지않은 역사적인 순간입니다. 부
디 이 만찬 또한 열강 지도자들의 마음을 활짝 열어주는 그
런 만찬으로 승화시켜 주시길 바랍니다."

대통령이 손을 내밀었다. 민규가 그 손을 잡았다.

분위기는 네가 잡아라.

마무리는 내가 한다.

대통령의 눈이 말했다. 그 높은 뜻을 마음에 새겼다. 민규
만큼이나 대통령의 의지도 활활 타고 있었다.

"저, 원망 많이 하고 계신 건 아니죠?"

달리는 차 안에서 손병기가 물었다.

"그럴 리가요?"

운전하던 민규가 답했다. 앞에는 청와대의 차량이 달리고
있다. 목적지는 판문점 만찬장. 민규와의 대화를 위해 손병기
가 민규 차에 탄 것이다.

"원망하셔도 어쩔 수 없습니다. 이제 화살은 시위를 떠났으
니까요."

"지도자 네 분의 반응은 어땠습니까? 대통령이 안 계시니

비하인드 스토리가 있으면 좀 알려주시죠."

"솔직히 말하면 다들 신경전이 보통은 아니었습니다."

"역시 그렇군요."

"하지만 속내는 그게 아니었습니다. 다들 국격과 더불어 자국 정치권에 분위기를 잡느라 던진 쇼맨십인 것 같더군요."

"쇼맨십……."

"정치라는 게 그렇지 않습니까? 겉과 속이 다른 측면이 있죠."

"우리도 그런 겁니까?"

"우리 대통령은 아닙니다."

손병기가 잘라 말했다.

"어떻게 확신하는 거죠?"

"제 확신은 역설적이게도 셰프님 때문입니다."

"저요?"

"제 생각인데 대통령의 본심을 가장 잘 아는 분은 셰프님일 거라고 생각합니다. 그런 분이 대통령의 오더를 받아주셨으니 통치 철학이 합격선이라는 뜻 아닐까요?"

"피디님도… 아니, 비서관님도 그새 정치판 사람 다 됐군요?"

"셰프님은 체질을 귀신처럼 알아맞히지 않습니까? 그것은 곧 인성이나 인격하고도 연결이 되는 것이니 미루어 짐작할 뿐입니다."

"어떤 분이 정치적 쇼맨십이 가장 뛰어나던가요?"

"솔직히 말하면 막상막하였습니다. 교황을 제외하고는……."

"고단수였다는 말이군요. 비서관님도 신경 좀 쓰셨겠습니다?"

"저는 솔직히 한 일이 없습니다. 만약 셰프님의 요리 경지가 낮았다면 그분들이 이 만찬 제의에 응했을 리가 없지요. 그것은 곧 거저먹었다는 뜻이 아니겠습니까?"

"대통령님이 고조리서를 보시더군요?"

"제가 구해다 드렸습니다. 궁중요리나 전통요리에 대한 교양도 없이 셰프님 요리를 만나기가 민망해지신다기에……."

"그러시다면 요리의 아버지 '이윤'에 관한 책도 구해다 주시기 바랍니다."

"이윤이라… 기억해 두겠습니다."

대화하는 사이에 판문점에 닿았다. 인도 차량이 멈추자 손병기가 먼저 내렸다. 그가 신분증을 제시하고 민규를 소개했다. 칼날 복장을 입은 장교 두 명이 만찬장으로 걸었다.

"여깁니다."

앞선 장교가 문을 열자 만찬장이 드러났다. 평화의 집 3층 대회의실. 민속화 12병풍에 황토색 주단을 깔아 단장을 끝냈다. 대형 원탁 테이블의 다섯 귀퉁이에 놓인 육천기용 향료까지 완벽했다. 사진으로 받아 보았기에 낯설지는 않았다.

유리장으로는 전망이 시원하게 보였다.

'좋네.'

장소는 이만하면 되었다.

"주방입니다."

민규가 사용할 주방도 공개되었다. 군에서 선발된 조리병 두 명이 따로 도착한 종규, 재희를 도와 정리를 하고 있었다. 한 명은 키가 크고 또 하나는 작았다.

"어, 이 셰프님!"

두 병사가 먼저 거수경례를 해왔다. 조리학과를 다니다 입대한 두 사병. 민규를 잘 알고 있었다. 그렇기에 민규를 보기 무섭게 얼굴이 밝아지고 있었다.

"고생이 많네요."

민규가 둘을 위로했다. 두 사병은 이 만찬 주방의 필수 요원이었다. 판문점의 성격상 군인 신분의 주방 관리자가 따로 필요했던 것.

"아닙니다. 셰프님을 보조하게 되어 영광입니다."

목소리도 우렁차다. 그릇과 식기, 조리 도구는 기가 막히게 정렬되어 있었다. 소위 말하는 군대의 칼 각이 엿보였다. 그 수고가 고마워 초자연수를 한 컵씩 소환해 주었다.

"으앗, 물맛 작살 간지……."

조리병들이 몸서리를 쳤다.

"실은 좀 부탁할 게 있는데요."

"뭐든지 명령만 내리십시오."

"두 사람이 산야초나 산나물 좀 안다고 했죠?"

민규가 물었다. 이들의 선발 기준이었다. 목적은 주방 관리와 설거지, 청소 등의 잡무 처리였지만 민규가 필요한 게 있기에 선발 기준을 주었던 것.

"많이는 몰라도 조금은 압니다."

"그럼 내일 오전에 근처 산에 가서 산야초 좀 봐두었다가 모레 이른 아침에 따다 놓으세요. 뭐든 상관없으니 정갈하게만."

"알겠습니다. 산삼이라도 캐 오겠습니다."

조리병들의 사기는 충천해 있었다.

"준비는?"

지시를 끝낸 민규가 종규를 돌아보았다.

"끝났습니다."

종규가 답했다. 중요한 만찬이니 리허설이 필요했다. 요리는 보안이지만 과정은 철저히 점검할 생각이었다.

"어떻습니까?"

식재료 칸을 확인하는 민규에게 손병기가 물었다.

"완벽하네요. 나머지 재료만 제가 가져오면 될 것 같습니다."

"필요한 건 언제라도 말씀하십시오. 저희 팀은 오늘부터 비상근무 체제입니다."

손병기의 말을 들으며 주방을 걸었다. 물을 틀어 수압을 체크하고 가스 불을 켜보고, 야외에 설치된 숯불 화로와 오븐 등의 조리 기구를 점검했다. 식재료도 그랬다. 미리 준비된 것들은 하나하나 확인을 했다. 특급 재료라지만 역시나 하자가 있었다. 그것들이 열외로 내쳐질 때마다 조리병들은 경악을 금치 못했다. 겉보기는 좋아 보이지만 씹어보니 맛이 다르다.

그야말로 범접할 수 없는 선별의 경지였다.

"시작!"

민규의 지시가 떨어졌다. 종규와 재희가 카트를 밀었다. 만찬장까지의 동선과 시간의 확인이었다. 의자는 다섯이었다. '그분'들이 앉은 것처럼 실전 서빙을 했다.

3가지 전채.

12가지 메인 요리.

확실하게 나누어 세팅을 실시했다. 재희와 종규는 바짝 긴장하고 있었다. 걸음걸이와 연결 동작 하나까지도 요리의 과정에 포함되기 때문이었다.

리허설은 다섯 번 만에 끝냈다. 실전을 방불케 하는 엄숙함 속이었다. 캐나다의 정찬보다 더 각별한 주의를 기울이는 민규였다.

"열쇠, 내일까지 잘 부탁합니다."

식재료 칸은 봉인하고 열쇠를 조리병에게 넘겼다.

"목숨 걸고 사수하겠습니다."

조리병들이 목청이 터져라 복창을 했다.

대회의실 입구에서 만찬장을 바라보았다. 민규의 상상 속에는 이미 다섯 지도자들이 앉아 있다. 대통령과 교황, 그리고 미국, 중국, 러시아 대통령. 그들의 머리카락 색과 몸무게까지 외우고 있으니 체중 대비 의자의 폭까지 그려지는 민규였다.

다섯 왕.

미소가 절로 나왔다.

이윤과 권필, 정진도의 생의 합체라면 그 정도는 되어야 할 것 같았다. 순간, 벽에 걸린 대형 텔레비전에 교황의 모습이 잡혔다. 1착 도착이었다. 환영 인파에게 손을 흔드는 그의 흰 옷이 흰 마의 속살처럼 순결하게 보여 눈이 시렸다.

'환영합니다.'

민규가 속삭였다. 마음은 벌써 내일을 기다리고 있었다.

*   *   *

[교황이 입국하고 있습니다. 세계의 모든 이목이 한국으로 쏠리기 시작합니다.]

[미국 대통령이 전용기 편으로 들어왔습니다. 한미 정상회담도 아니고 오직 판문점 평화 만찬을 위해 입국하는 미국 대통령. 유사 이래 처음 있는 일입니다.]

[세계 요리 업계도 촉각을 곤두세우고 판문점을 주목하고 있습니다. 이 만찬의 주인공은 오늘 차례로 입국한 교황도 미국 대통령도 아닙니다. 내일 오전에 입국할 중국 주석이나 러시아 대통령도 아닙니다. 세계의 이목은 단 한 사람, 이민규 셰프에게 쏠리고 있습니다.]

[이민규 셰프의 약선요람 사용대입니다. 초빛에서 새 단장을 마치고 상호를 바꾸었습니다. 보시다시피 이 앞에는 수백

명의 보도진들이 장사진을 이루고 있습니다.]

[요리는 인류에게 있어 빼놓을 수 없는 동반자이자 일상이었습니다. 그럼에도 불구하고 요리 자체로 이렇게 부각되는 만찬은 유래를 찾기 어렵습니다. 지금 전 인류는 내일의 평화 만찬을 주목하고 있습니다. 이미 많은 경이를 창조한 이민규 셰프. 내일은 또 어떤 요리로 세계평화에 기여하는 디딤돌을 놓을지 기대가 큽니다.]

방송은 쉴 새 없이 뉴스를 쏟아냈다. 그것은 비단 한국만의 문제가 아니었다. 미국도 그렇고 중국도 그랬다. 교황이 참가함으로써 종교계의 관심도 비상했다.

판문점 평화 만찬.

그 개봉 박두가 다가오자 몇몇 나라들의 조바심은 극에 달했다. 특히 일본과 프랑스, 독일과 영국 등이 그랬다. 그들 중 일부는 아직까지도 새 정권의 라인을 통해 참가 허락을 타진할 정도였다.

민규는 초연했다. 주방에서 재희와 종규를 거느린 채 내일의 요리에 대한 마무리에 매진할 뿐이었다. 오후부터는 손님도 받지 않았다. 드나들 수 있는 사람은 오직 황창동과 이영자 등의 식재료 조달자들이 유일했다.

모싯잎을 골랐다. 밤과 대추도 고르고 마와 산양삼도 정리를 했다. 청보리도 있고 성게와 독도새우도 있었다. 소소한 모든 것이 있지만 이번에도 샥스핀이니 푸아그라니 하는 최고급 식재료는 보이지 않았다. 특급 한우와 송이버섯 등도 마찬가지. 민규의 식재료 목록에서 가장 비싼 것이 산양삼과 복어 정도였다. 이러한 식재료 목록조차 실시간으로 뉴스가 되어서 나갔다. 사용대의 진입이 막히자 드나드는 황창동과 이영자, 남해의 민규 이모부 등 주력 식재료 공급처까지 털어대는 언론이었다.

요리 전문가들 역시 제철을 만났다. 현재까지 들어간 식재료로 요리가 가능한 메뉴들이 방송을 가득 메웠다. 그렇기에 홍설아의 행주방에서도 '판문점 만찬 예상 약선요리'로 초대박 시청률을 올리고 있었다.

콩콩.

모싯잎을 정갈하게 찧어 향을 맡았다.

"흐음……"

숲의 속삭임을 담은 청아한 향이 좋았다. 그 향에 어울리는 쌀을 골랐다. 쌀은 적두미와 녹미, 황금미 등으로 은은한 오방 색감이 돌았다. 보통은 맨드라미나 치자, 당근 등으로 물을 들이지만 이 쌀이라면 저절로 색동색이 될 수 있었다.

어란을 정리하고 복어도 정리했다. 오후에 도착한 해산물은 기가 막히게 싱싱했다. 그것들은 이모부가 직접 수송을 해왔다. 몇 가지 물건들은 내일 아침에 다시 공수될 예정이었다.

"이건 버려야겠는데?"

보조하던 종규가 억센 산야초와 채소를 보며 말했다.

"아니, 필요한 거다."

민규가 막았다.

"이렇게 막 생긴 걸?"

"일부러 맞춘 거야."

"응?"

"잘 모셔둬라. 물도 손도 닿지 않게."

민규는 두말하지 않았다. 그 모습이 숭고해 종규는 군말조차 할 수 없었다.

그 밤이 지나고 새벽이 왔다. 서너 시간 눈을 붙인 민규가 잠에서 깨었다. 살며시 일어나 정원을 걸었다. 그 발길은 이내 강변에 닿았다. 수천 년을 흘러온 한강은 어둠 속에 홀로 유유했다. 나뭇잎을 따서 강물에 놓았다. 출사표의 흔적이었다.

"투계 등의 식재료 적재 완료!"

종규가 소리쳤다.

"약재도 준비 끝났어요."

재희 목소리도 사뭇 비장하다.

"출발해도 될까요?"

새벽처럼 달려온 손병기가 민규의 허락을 물었다.

"그러죠."

민규가 끄덕 신호를 주었다.

"이 셰프, 파이팅!"

응원 나온 차만술이 주먹을 쥐어 보였다.

"다녀오겠습니다."

그에게 답하고 차에 올랐다.

부릉!

시동이 걸리자 꼬꼬꼭 닭 소리가 났다. 차에 실린 투계는 살아 있는 닭이었다. 최고의 신선도를 지키기 위한 민규의 선택이었다.

선두는 경찰 사이드카가 맡았다. 민규네 차량이 움직이자 주변이 환하게 밝아졌다. 입구에서 대기하던 수십 대의 보도 차량들도 일제히 시동을 건 것이다.

"히야, 엄청나네."

배웅 나온 차만술이 감탄을 자아냈다. 민규 차에 따라붙는 보도 차량들 때문이었다. 국가 귀빈이나 특급 스타는 저리 가라 할 열기였다.

"……!"

도로에 올라선 민규, 문득 고개를 돌렸다. 낯익은 차량 때문이었다. 보도진의 차량 끝에 얌전히 서 있는 차량. 그건 남예슬의 차였다.

"어, 예슬 누나 차잖아?"

종규도 그걸 알았다. 민규 눈이 핸드폰으로 향했다. 생각대로 카톡이 들어왔다.

[잘하고 오세요. 지구 평화를 위해서.]

[언제 온 거예요? 그리고 왔으면 들어올 일이지…….]

[셰프님께 방해가 될까 봐서요.]

[고마워요. 이따 연락할게요.]

인사를 하고 문자를 맺었다. 마음 같아서는 차를 세워서 정화수라도 건네고 싶지만 기자들이 인산인해였다. 게다가 중요한 일을 앞둔 상황. 사이드카까지 앞세운 주제에 한눈을 팔 때가 아니었다.

'셰프님…….'

차 밖으로 나온 남예슬은 민규가 멀어진 도로를 바라보았다. 그 길을 따라 새 아침의 여명이 밝아오기 시작했다. 다른 날보다 청명하게 벗겨지는 어둠. 그래서인지 예감이 좋았다.

잘해내실 거예요.

그녀가 가만히 두 손을 모았다.

"어서 오십시오, 셰프님!"

판문점 평화의 집, 두 조리병의 거수경례와 함께 민규가 짐을 펼쳤다. 육수와 식기 등은 종규가 책임지고 세팅을 했다. 아침 해는 이제 완연하게 떠올랐다. 마침내 그날이 온 것이다.

"산야초는요?"

민규가 조리병들에게 물었다.

"여기 준비했습니다. 모자라면 더 따 오겠습니다."

조리병들이 산야초를 내놓았다. 다래순과 오이순 등이 좋았다.

'응?'

그것들을 보던 민규 시선이 한 꽃송이에서 멈췄다.

"앗, 죄송합니다. 나물 따던 중에 섞여 들어간 모양입니다."

조리병이 꽃을 골라냈다.

"아니에요. 그거 아주 좋은데 많이 좀 따 올 수 있나요?"

"문제없습니다."

조리병들은 거수경례를 붙이고 뛰어나갔다.

"정리해라. 종업원들도 임무 주지시키고."

민규의 엄명이 종규에게 떨어졌다.

오전 9시, 중국 주석이 도착했다.

오전 9시 40분, 러시아 대통령이 공항에 내렸다.

"대통령께서 청와대를 출발하신답니다."

손병기의 소식도 날아들었다.

"후아!"

두 조리병과 종업원들은 숨도 제대로 쉬지 못했다. 화끈하게 달아오른 주방 때문이었다. 민규의 손은 주방장의 손이 아니었다. 연주자, 그것으로도 모자랄 정도로 유려한 손짓이었다.

냄새는 또 어떤가? 여러 요리들이 준비되고 있지만 잡내나 탄내의 불협화음은 어디에도 없었다. 오직 맛의 정수만이 정갈하게 펼쳐지고 있으니 침 넘기기 바쁠 지경이었다.

"귀빈들이 도착합니다!"

손병기가 최종 소식을 알려왔다. 민규는 미동도 하지 않았다. 그의 손은 모싯잎에 있었고 생마와 산양삼에 있었다. 그런 다음 건배주를 체크했다. 그 술을 재워둔 건 하빙수. 답답한 가슴을 시원하게 하는 물이었으니 민규가 구상하는 건배주에 딱이었다.

"셰프님!"

손병기가 다시 민규를 불렀다. 그제야 건배주병을 놓고 손을 닦는 민규.

"셰프님."

종규도 창밖을 가리켰다. 공식적인 자리에서는 민규에게 존댓말을 쓰는 종규. 긴장이 극에 달하고 있었다.

"쫄았냐?"

민규가 빙그레 물었다.

"쫄기는 누가 쫄았다고……."

"그래야지."

종규의 어깨를 툭툭 쳐주고 주방을 나섰다.

'왔군.'

판문점 앞에서 고개를 들었다. 손병기와 의전실 직원들이 다가와 민규 옆에 포진을 했다.

"저기 옵니다."

직원 하나가 도로를 가리켰다. 선두 사이드카와 경호 차량이 보였다. 그 뒤로 이어지는 웅장한 리무진의 행렬… 지도자들이 탄 차에는 각각의 국기가 걸렸다.

끼익!

선두의 리무진은 손병기가 예정한 장소에 멈췄다. 의전실 직원들이 절도 있게 다가가 문을 열었다. 저만치에서 소리 없이 움직이는 경호실 직원들도 보였다.

대통령이 내렸다. 그 어깨 옆으로 교황과 미국 대통령, 중국 주석, 러시아 대통령이 보였다.

"당신이 민규 리 셰프로군요."

교황의 인사가 먼저였다.

"뵙게 되어 영광입니다."

민규가 공손히 말했다.

"영광은 나의 몫이라오. 영혼을 일깨우는 요리라니 기대가 크네요."

교황의 목소리는 온화했다. 그 온화함을 뚫고 민규의 리딩이 시작되었다. 재확인이다. 교황은 水형이다. 연로하니 여기 저기 혼탁의 때가 있었다. 이미 알고 있었지만 조금 더 심해진 게 있었다. 눈과 머리였다. 장시간의 비행으로 인한 피로에 시차의 고단함이 겹치니 컨디션이 나빠진 것.

이건 편두통이나 어지럼증과 또 달랐다. 머리의 질병에 도움이 되는 여러 식재료들을 스캔한다. 천궁, 결명자, 무, 박하……

'파뿌리와 마······.'

혼탁을 상쇄할 수 있는 식재료 궁합을 찾아냈다.

중국 주석은 큰 문제가 없었다. 러시아 대통령은 심장부터 확인했다. 그는 심장에 혼탁이 있었다. 영상에서 본 대로였다. 울화다. 울화가 치밀면 속이 타들어간다. 속이 타는 갈증은 두 가지로 나뉜다. 물을 마시면 해소되는 갈증과 그렇지 않은 갈증이다. 전자는 수분이 부족한 실증(實症)이고 후자는 진액이 부족해진 허증(虛症)이다. 이런 경우의 갈증은 물이 아니라 진액을 보충해야 한다. 위독하거나 하는 정도는 아니지만 신경 쓰일 일이 분명했다.

마지막은 미국 대통령.

"또 뵙게 되는군요?"

그가 환히 웃었다. 머큐리 재단에서의 감동이 다 가시지 않은 얼굴이었다. 그때도 혈관의 소소한 혼탁 외에는 건강했던 그. 짧은 기간이었으니 변화는 없었다.

"막상 셰프를 보니 참았던 심장이 설레기 시작하는군요. 기대가 큽니다."

미국 대통령이 심장을 가볍게 두드렸다. 그 순간이었다.

'응?'

민규 눈에 불이 들어왔다. 미국 대통령의 손가락이었다. 거기 보지 못했던 혼탁이 거칠었다.

'새끼손가락?'

잠시 집중했다. 악수하느라 손을 보지 못했던 민규. 하마터면 중요한 리딩을 놓칠 뻔한 것이다.

새끼손가락의 혼탁…….

방아쇠수지증후군이었다. 미국 대통령은 골프광이다. 캐나다에서도 만찬 후에 골프장으로 달려갔을 정도. 방아쇠수지증후군은 손을 많이 쓰는 직업군에 빈발한다. 초기 치료를 놓치면 잘 낫지 않는다. 손가락 마디가 튕겨 나가는 듯 움직여 불편하고 아프다. 문제는 이게 더 악화되면 손가락을 거의 쓰지 못하게 된다는 것. 그러나 내색은 하지 않았다. '왕'의 질병은 누구든 특급 보안이다. 알더라도 발설할 수 없는 이유가 거기 있었다.

"종규는 암염 좀 골라놔라. 재희는 청포도하고 파뿌리 좀 좋은 걸로 준비하고."

둘에게 지시를 내리고 대기실로 향했다. 다섯 지도자는 곧 돌아올 것이다. 민규는 물잔을 준비했다. 이상배의 아트 유리 공예, 그 잔이었다.

"입장하십니다."

손병기의 언질과 함께 만찬의 주인공들이 돌아왔다. 예정보다는 8분이 빨랐다. 그것은 곧 요리에 대한 기대감의 반영이었다.

착석이 시작되었다. 원탁의 테이블에 오각형 배치였다. 다섯 왕. 긴장되는 마음도 있지만 뿌듯했다. 이윤도 다섯 황제의 만찬을 차린 적은 없었다. 그의 황제가 정벌하는 나라거나 조공을 바치러 오는 왕이 있었지만 둘이 고작이었다. 권필도 다르지 않았다. 그 역시 이런 연회는 차린 적이 없었다. 그렇기에 뿌듯한 것이다. 이윤과 권필, 정진도의 생애. 거기 민규까지 합쳤으니 이 정도는 감당할 만했다.

착석이 끝나자 민규가 카트를 끌고 나섰다. 이제부터의 상황 리드는 완전히 민규의 것이었다. 그들이 세계를 좌지우지하는 절대 권력자라도 해도.

"전채를 준비하는 동안 약수 한 잔씩 올리겠습니다."

시작은 교황부터였다. 그의 머리와 눈은 여전히 탁했다. 머리의 질병에는 정화수만 한 게 없다. 묻지도 따지지도 않고 정화수를 소환했다. 그의 체질인 水형을 고려해 벽해수는 서비스로 첨가했다.

다음 차례는 미국 대통령.

쪼르륵!

약수의 퍼포먼스를 하자 그의 시선이 멈췄다. 맛난 것을 기다리는 아이가 따로 없었다. 그는 이미 민규 약수의 위력을 아는 상황. 국화수에 천리수를 가미했다. 국화수는 근육 저림을 달래준다. 방아쇠수지증후군 또한 손가락 근육의 문제였으니 반가운 조짐 정도는 줄 일이었다.

중국 주석에 이어 러시아 대통령. 그를 위한 선택은 단연코 상지수에 마비탕 조합이었다. 상지수는 진액 형성을 돕는다.

마비탕은 허열을 내릴 때 화타의 손길과 다름없으니 주저할 것도 없었다.

주용길에게는 열탕을 주었다. 양기를 돋우고 경락을 열어 시원하게 상황을 리드하라는 기원이었다.

"……!"

물을 마신 교황, 파르르 손을 떨었다. 갑갑하던 눈이 시원해진 것이다. 나아가 찌뿌둥하던 머리도 신의 숲에 들어선 듯 상쾌해졌다.

"성하께서도 이 셰프 약수의 진수를 맛보신 모양이군요?"

주용길이 통역을 통해 물었다. 다섯 중에서는 민규의 초자 연수를 가장 많이 경험한 사람. 그 약수를 먹은 사람들의 표정이 어떤지 정도는 기억하고 있었다.

"이거……."

통역이 전해지자 교황이 아이처럼 웃었다.

"……."

그 앞의 미국 대통령 표정도 돌연 굳어버렸다. 새끼손가락 때문이었다. 한동안 움직이지 않으면 굽혔다 펴는 데 불편하던 손가락. 그게 자연스럽게 움직이고 있었다. 믿기지 않아 일부러 주먹을 쥐었다 놓았다. 주사를 맞아도 그때뿐이던 놈. 제대로 통제되고 있었다.

"……?"

대각선 자리의 러시아 대통령 또한 신호를 받았다. 그는 사실 국내외 정치 상황 때문에 골머리를 앓던 차였다. 그게 울화병이 되어 가슴을 압박했다. 그러나 모스크바 최고의 의료진도 스트레스를 받지 말라는 말만 앵무새처럼 반복하던 상황. 그 가슴에 봄볕이 들어온 듯 평안해진 것이다.

'최고의 요리를 먹을 기대감 때문인가?'

그는 애써 내색하지 않았다. 그 순간, 다라락, 카트의 바퀴 소리와 함께 민규의 첫 요리가 등장을 했다. 다섯 지도자의 시선이 일제히 민규를 향했다.

만찬!

역사적으로 만찬은 서양의 코스요리식을 기본으로 한다. 그러나 정해진 것은 없다. 강희제의 만한전석은 만석과 한석을 한꺼번에 차려냈고 스탈린 역시 서양식 코스 순서를 개무시하고 전체부터 디저트까지 한 번에 깔아놓았다.

민규는 그 중간을 택했다.

"건배주와 전채를 올리겠습니다."

정중한 인사와 함께 민규가 카트의 뚜껑을 열었다.

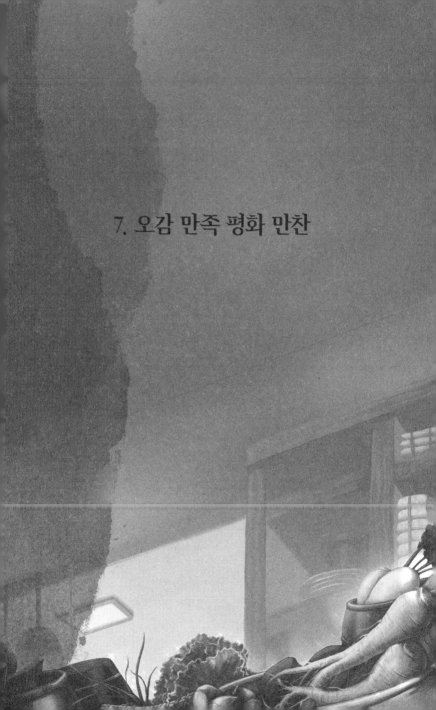

7. 오감 만족 평화 만찬

—약선오미평화주.

—약선산야초샐러드.

—궁중삼색꽃부각.

—구운 마늘 조각을 뿌려 튀겨낸 쑥튀김.

간단한 세팅이 되는 순간 테이블에는 원시 초원의 향이 흘러넘쳤다 지도자들의 뉴우 샐러드와 꽃부각에 꽂혀 떨어지지 않았다.

'나비…….'

교황은 눈을 끔벅거렸다. 이제는 시원하게 풀린 눈의 피로. 그럼에도 샐러드 접시에 노란 나비가 보인 것이다. 한 마리도 아니었다. 수십 마리의 나비가 날아오를 듯 앉아 있다. 그도 그럴 것이 그 옆 접시의 부각이 바로 꽃이었다. 시리도록 흰 자태의 아카시아꽃 송아리와 향기 독특한 들깨 송아리, 그리고 보랏빛 신비를 머금은 방아꽃 송아리…….

꼴깍!

옥침이 멋대로 목젖을 차며 넘어갔다. 투명하게 입혀 튀겨진 참쌀 풀은 저 홀로 바삭아삭 소리를 내는 것 같기 때문이었다.

꼴꼴꼴!

교황을 필두로 잔을 채워주었다. 주용길의 잔은 마지막이었다. 투명한 술잔은 이상배의 작품. 왕의 연회에 쓰던 오정배를 현대의 감각과 결합시킨 역작이었다. 술은 은은한 다홍빛이다. 그 빛이 너무 맑아 보석을 따른 것만 같았다.

"건배주는 우리 조선시대의 지방 특산 명주 중에서 오미를 잘 살린 술을 재현해 블렌딩했습니다. 상서롭게도 오늘 귀한 시간을 내주신 다섯 분의 체질이 목화토금수의 다섯 체질이라 단맛, 쓴맛, 짠맛, 신맛, 매운맛의 조화와 어울리니 입안에 감도는 오미를 느긋하게 감상해 주시기 바랍니다. 더불어 전채로 낸 요리는 이 판문점 부근에 자생하는 야생초를 구해 만들었습니다. 노랑나비처럼 생긴 꽃은 골담초로 신경통이나 기침, 고혈압에 탁월하고 청정한 공기 속에서 자란 다래순과 뽕순, 민들레싹 등은 독소를 씻어내며 활력을 끌어올리는 데

유용합니다. 나아가 오이순은 청량한 맛으로 오장에 봄기운을 안겨줄 것으로 믿습니다."

민규의 설명이 통역을 통해 전해졌다. 그 통역이 끝나자 마지막 요리에 대한 설명을 이었다.

"쑥튀김 역시 파릇한 생명의 기운을 담아낸 건 다르지 않습니다. 여기에는 가늘게 채 썬 마늘 편 조각이 들어갔는데 그 것은 우리 한국에 전하는 단군신화의 이야기에서 가져온 구상입니다. 즉 우리나라 신화를 보면 사람이 되고 싶은 곰이 쑥과 마늘을 먹고 인간이 되었다는 이야기가 전해지는데 이는 인류 평화라는 염원을 위해 모이신 다섯 분의 지난한 결단과 다르지 않다고 생각되어 요리로 승화시켜 보았습니다."

짝짝!

통역이 이어지자 미국 대통령이 먼저 박수를 쳤다. 나머지 지도자들도 박수 행렬에 동참을 했다.

건배 제창은 주용길이 맡게 되었다. 그가 교황에게 양보했지만, 교황은 초청자인 한국의 대통령에게 건배사를 맡겼다.

"세계평화의 초석을 위하여."

주용길이 건배사를 외쳤다. 지도자들은 정답게 잔을 부딪쳤다.

챙!

청명한 소리와 함께 술이 넘어갔다.

"……!"

교황이 먼저 반응했다. 첫맛은 쌉싸래하면서 신맛이 돌았다. 그러나 입안에 퍼지는 건 상쾌한 대나무 향이었다. 그 맛 뒤에 청량한 배 맛이 따라왔다. 마지막에 남는 건 우아한 단맛이었다. 정말이지 정갈한 오미의 정수가 아닐 수 없었다. 원래 와인 외에는 마시지 않던 교황. 난생처음 보는 건배주를 다 비워 버렸다. 예의상 입만 대고 말려 했지만 미각 본능을 이기지 못한 것.

"하아……."

교황은 허무한 듯 빈 잔을 바라보았다. 이토록 매혹적인 술은 처음이었다. 떨리는 시선에 샐러드와 부각이 들어왔다. 그제야 알았다. 거기 파닥거리는 노랑나비들. 그 치명적인 유혹을 잊고 있다는 사실. 술에 홀려 잠시 정신 줄이 나간 것이다.

샐러드를 집었다. 노랑나비를 닮은 골담초꽃이었다. 그걸 입에 넣으려는 순간, 시야에 노랑나비 수백 마리가 날아올랐다.

"……?"

시선이 거기 멈춰 버렸다. 교황만 그런 게 아니었다. 골담초 꽃들이 허공에 있었다. 그냥 떠버린 게 아니라 날아다녔다. 자세히 보니 그것들은 골담초꽃이 아니었다. 진짜 노랑나비 떼가 나타난 것. 허공을 수놓은 나비들은 너울너울 날아 교황의 어깨에 앉았다.

"교황 성하……."

러시아 대통령이 겨우 입을 열었다. 교황의 입에는 골담초

꽃이 물려 있다. 어깨와 머리에는 노랑나비들. 그가 나비를 먹는 건지 샐러드를 먹는 건지 분간이 가지 않았다. 그 꽃은 남은 지도자들의 어깨를 돌며 차례로 쉬었다. 그런 다음 테이블 위를 날아 창문의 작은 틈으로 빠져나갔다. 창문은 그제야 닫혔다. 창문을 닫은 손의 주인공은 민규였다.

"셰프……."

중국 주석의 입에서 쇳소리가 새어 나왔다. 일찍이 민규의 만찬에 반한 주석. 그러나 오늘은 또 다른 분위기에 넋을 놓는 그였다. 그건 미국 대통령과 러시아 대통령도 다르지 않았다.

샐러드의 맛은 새콤하고 쌉쌀했다. 그러나 소스가 기막힌 조화를 이루었다. 얼린 자연 홍시를 구운 고구마 살과 함께 갈아낸 소스. 초록 위에 뿌려진 그 소스는 단순히 색감만 살린 게 아니었다. 걸쭉한 농도의 풍성한 단맛으로 산야초의 쌉싸래한 맛과 조화를 이룬 것.

신맛과 쓴맛이 제대로 조화를 이루면 오미상생의 표본이 된다.

쓴맛과 단맛이 조화를 이루면 그 역시 오미상생의 근본이 된다.

간단한 배합으로 오미상생의 극치를 보여주는 민규였다.

아삭!

바자작!

샐러드를 음미하는 러시아 대통령. 그 귀에 유혹의 천둥소리가 들렸다. 미국 대통령이 방아꽃부각을 무는 소리였다. 그건 맹세코 천둥이었다. 그냥 천둥도 아니고 미각을 흔드는 천둥…….

바사삭!

이번에는 중국 주석의 입에서 소리가 났다. 아직 샐러드를 다 넘기지 않은 러시아 대통령, 서둘러 방아꽃부각을 물었다.

아사삭!

천둥이 자신의 입안에서 울렸다. 소리와 함께 고소한 향이 입안에 폭풍을 일으켰다. 향은 이내 후각을 치고 뇌로 올라갔다. 정말이지 못 견디게 맛난 고소함이었다. 게다가 거푸 이어지는 청량한 맛의 메아리…….

아자작!

'커허!'

뇌수를 후려치는 충격에 말문이 막힌 러시아 대통령. 간신히 표정을 감추고 들깨순부각을 집어 들었다.

아작!

이번에는 아카시아꽃부각.

바삭!

그리고 이번에는…….

"……?"

그의 포크가 접시에서 멈췄다. 부각 접시는 어느새 비워져 있었다.

좋았어.

민규가 돌아섰다.

"반응 어땠습니까?"

민규가 복도로 나오자 종규가 물었다. 관계자들도 귀를 쫑긋 세웠다.

"최고였다."

"으아, 역시… 휴전선 산야초샐러드 빅히트 칠 줄 알았습니다."

"그것보다 네 나비."

"내 나비?"

"덕분에 시작 분위기 제대로 잡았다."

민규가 종규 어깨를 두드려 주었다.

"투계 손질은 끝났냐?"

"물론이죠."

함박웃음을 머금은 종규가 주방을 가리켰다.

이제 본격 요리 준비가 시작되었다.

—약선청보리알 마름수프.

—궁중투계다리먹적 냉이튀김.

—약선마면 전복내장.

—성게알에 비빈 약선게장순살.

—산양삼튀김과 파뿌리튀김.

—오미자 연근김치.

　—돼지감자구이와 무화과구이.

　—밀푀유 타입의 오과 죽물막 강정.

　—밤고물 궁중대추설기.

　—오디잼 모싯잎 궁중오색꽃송편.

　—머루양갱, 살구양갱, 흰팥양갱.

　만찬 테이블 장식은 열한 가지 요리였다. 디저트로 준비한 것도 차만 제외하고 함께 넣었다. 의미상의 문제 때문이었다. 이 요리의 핵심은 눈에 보이는 연출보다 오미에 있었다.

　정화수에 담갔던 청보리는 먹음직스럽게 익어 있었다. 돼지감자와 무화과도 선별이 끝난 상태. 대추설기와 송편부터 마무리에 들어갔다. 이 송편은 조금 특별했다. 반죽에 밤가루와 구운 고구마가루가 들어가서가 아니었다. 오디잼을 깔아 은은한 단맛을 살려서도 아니었다. 밤톨만 한 크기로 빚은 송편에는 꽃 모양의 조각을 따로 붙였다. 노릇하게 구워낸 다음에 각종 자연 식재료의 즙을 발라 자연 발색을 했기 때문이었다. 꽃 모양은 궁중다식판의 것들을 따왔다. 그 책임은 종규에게 맡겼다.

　송편찜은 시루를 썼다. 이 만찬을 위해 특별히 마련한 도구였다. 잿빛의 시루는 현대의 찜솥과 달랐다. 어쩐지 숨 쉬는 떡을 만들어주는 것이다.

　절반으로 가른 돼지감자와 무화과는 숯불에서 굽기로 했

다. 그 구이는 재희 책임이었다.

고작 돼지감자냐고?

돼지감자 우습게 보지 마라. 대자연 맛을 고스란히 담았다. 그냥 먹으면 밍밍할 수 있지만 숙성을 통해 맛의 강도도 높였다. 자양 강장에 비타민의 보고, 나아가 혈액 내의 지방분해도 탁월하다. 게다가 자연의 속삭임 속에서 자랐으니 이름과는 달리 귀한 몸이셨다. 불은 참숯을 썼다. 중간중간 숯 위에 솔잎을 넣어주면 환상적인 향까지 기대할 수 있었다.

민규가 칼을 잡았다. 타깃은 투계였다. 살아 있는 닭으로 가져온 투계는 모두 세 마리였다.

톡톡!

우레타공으로 뼈를 발라내고 살을 얻었다. 정성껏 저며 설야멱적식으로 구웠다. 얼음은 국화수와 지장수를 섞어 얼린 것을 갈았다. 씨간장소스에 더해 다른 승부수를 마련했다. 바로 투계 자체에서 얻은 지방을 고루 발라가며 구워낸 것. 전처리를 제대로 한 것이니 살은 야들거리면서도 사르르 녹을 정도였다.

치이익, 치이익!

얼음 가루에 살점이 들어갈 때마다 풍미가 몸서리를 쳤다. 마무리는 종규에게 맡겼다. 맛은 제대로 배었으니 민규는 청보리알 마름수프를 완성시켜야 했다.

마름수프에는 납설수와 요수가 들어갔다. 재료의 싱그러움을 살리고 입맛을 돋우는 조합이다. 메인 만찬의 시작은 당연히 수프가 될 일. 첫인상이 중요하니 색감부터 존엄을 부여해 놓았다. 선명한 옥색이 감도는 마름수프는 정말이지 먹는 동시에 피와 살이 될 것으로 보였다. 마무리쯤에 삶아둔 청보리를 넣고 한소끔 더 끓여 끝을 냈다. 색감은 환상이었다. 옥색 마름수프의 품에 부드럽게 안긴 푸른 보리알들. 푸근한 색감이 대조를 이루니 한 입 떠 넣고 싶은 생각이 간절했다.

'흐음.'

풍미 또한 어찌나 나른한지 의지가 무너질 것만 같았다.

접시나 식기는 흰색과 초록색 계열로 잡았다. 그렇다고 그저 흰색이나 초록색인 건 아니었고 그런 색이 깃든 것이면 충분했다. 마무리 세팅은 밤째로 썰어 만든 국화와 고구마 반죽으로 구워낸 수막새 문양을 주로 했다. 기타 데이지꽃 오림과 올리브잎 오림도 장식으로 올렸으니 모두 평화를 상징하는 것들이었다.

—오미의 속삭임.

완성!

"상황?"

마름수프와 투계다리멱적, 약선마면을 카트에 실은 민규가 재희와 종규를 바라보았다.

"끝났습니다."

"준비되었습니다."

둘은 거의 동시에 대답했다.

"그럼 가자."

민규가 말하자 조리병들이 문을 열었다. 평화 만찬의 메인 요리 오미의 속삭임, 마침내 출격이었다.

"후와!"

민규네가 주방을 나가자 두 조리병은 뼈에 사무친 한숨을 쉬었다. 그리고 몸서리치도록 군침을 넘겼다. 둘 다 벽에 기대 숨을 고를 정도였다. 뒷정리를 하며 넘겨본 민규의 요리 과정. 그건 정말이지 식신의 경지였다. 칼질이 폭발적이어서도 아니었고 엄청난 퍼포먼스가 있어서도 아니었다. 그저 물 흐르듯 자연스러운 민규의 요리 과정. 그러나 계절을 쓰다듬는 시간의 마법과도 같았으니 돌아보면 한 요리가 나오고, 또 돌아보면 다른 요리가 나오고 있었다. 선임병은 쓰레기통으로 걸어가 내용물을 바라보았다. 안에 든 건 투계의 뼈들이었다. 우레타공으로 쏟아낸 뼈들은 살 한 점 허투루 붙어 있지 않았다. 기가 막혔다. 삶은 닭에서 뼈를 빼는 것도 쉽지는 않을 일. 더구나 생닭임에랴.

하지만 정작 그들의 넋을 흔드는 건 그런 신기가 아니라 요리의 맛이었다. 처음에는 쓴맛이었다. 그리고 신맛이었다. 그것들은 분명 처음을 장식했다.

'응?'

그렇기에 고개를 갸웃했던 그들이었다. 신의 만찬에 필적한다는 약선요리의 최고봉 이민규 셰프. 그의 요리에서 나는 냄새치고는 기대 이상이지 않았다.

'한약 맛이 나는 요리가 나오는 건가?'

그들의 우려는 오래가지 않았다. 바로 단맛이 나나 싶더니 몸서리치도록 깊은 담백함과 구수함, 고소함이 폭풍의 줄기를 이룬 것. 그 치명적인 맛의 흔적은 아직도 주방에 오롯했다.

청보리알 마름수프.

꼴깍!

투계다리먹적.

꼴깍!

약선마면.

꿀꺽!

그림처럼 스쳐 가는 모든 메뉴들이 두 병사의 옥침을 뿌리째 흔들어댔다. 겨우 정신을 차리니 궁금해졌다. 보는 것과 냄새만으로도 미각을 후려치는 민규의 요리. 다섯 지도자들은 과연 어떻게 반응할까?

조리병들의 시선이 만찬장으로 향하는 그 시간, 만찬장의 문이 열리고 있었다. 손병기가 지휘하는 만찬장 팀원들이 양쪽에서 문을 연 것이다.

사락!

문은 최대한 소리 없이 열렸다. 다섯 지도자의 시선은 이미 민규의 카트에 꽂혀 있었다. 요리보다 먼저 밀고 들어온 냄새 때문이었다. 꾸벅, 인사를 한 민규 손이 카트의 커버를 벗겼다. 세팅의 순서는 여전히 교황이 먼저였다.

민규의 접시들이 자리를 잡았다. 이제는 재희 차례였다.

그런데…….

오미자 연근김치 보시기를 집어 들던 재희, 교황 앞에서 오른 손목의 힘이 저절로 풀렸다. 폭풍 긴장이 원인이었다.

달그락!

보시기가 흔들리며 뚜껑 어긋나는 소리가 들렸다.

"……!"

문 앞에서 지켜보던 손병기의 가슴이 출렁 흔들렸다.

절정의 요리.

맛이 좋다고 모든 게 용서되는 건 아니었다. 테이블 매너 또한 중요했으니 그 매너는 세팅하는 셰프 또한 자유롭지 못했다.

저대로 보시기가 엎어져 연근김치 국물이 쏟아진다면 만찬 테이블이 엉망이 될 것은 뻔한 노릇. 교황의 자리를 수습하고 옷을 갈아입고…….

오, 마이 갓.

상상만으로도 하늘이 노래지는 손병기였다.

*   *   *

악몽의 전개를 막아준 건 종규였다. 그의 손이 기울어지는 보시기를 잡아준 것.

"뜨겁지?"

그럴듯한 멘트까지 삽입해 지도자들의 이목을 털어내는 임기응변까지 작렬했다.

'고마워.'

보시기를 내려놓은 재희가 찡긋 윙크로 답했다. 연근김치였다. 뜨거울 리가 없었다. 그러나 말도 없이 끼어들면 어색했을 일. 지켜보던 민규도 겨우 가슴을 쓸어내렸다.

'휴우.'

재희는 늑골이 무너질 듯 한숨을 돌렸다. 손병기는 두말할 필요도 없었다.

종규까지 세팅이 끝나자 민규가 신호를 보냈다. 초록 라인을 포인트로 넣은 흰 숙수복의 종업원 다섯이 지도자들에게 다가섰다. 오늘을 위해 수십 번의 연습을 반복했던 종업원들. 마침내 한 동작으로 요리의 뚜껑을 열기 시작했다.

스타트는 약선청보리알 마름수프였다. 모락거리는 김과 함께 옥색의 자태가 은은한 귀티를 드러냈다. 그 안에서 속삭이는 청보리들이 옥침을 유혹했다. 투계다리몃적이 가세하니 지도자들의 식욕은 제어 불능 직전까지 치달았다. 후각을 후려치는 지방의 풍후한 풍미, 침을 넘기지 않고는 버티기 어려웠다.

'아.'

교황의 입에서 신음이 나왔다. 아까부터 스멀스멀 밀려들어 오던 고기 굽던 향. 닭고기인지 토끼고기인지, 혹은 소고기인지 분간할 수 없던 요리의 정체가 이것이었다. 시원하도록 날렵한 투계의 다리는 오직 하나. 뼈를 발라낸 살점, 그러나 흔적조차 없는 존엄을 보우하는 선홍색의 소스부터 환상이었다. 자연 홍시와 구운 독도새우를 껍질째 갈아 만든 소스. 고기의 향인지 소스의 향인지 분간조차 되지 않으니 옥침이 결국 입을 넘고 말았다.

주룩!

코를 만지는 척 겨우 참사를 막았다. 그럼에도 교황과 지도자들의 시선은 투계다리멱적의 위엄에서 벗어나지 못하고 있었다.

이어지는 접시의 내용물은 적었다. 그저 한두 입 수준이다. 너무 적어 조바심이 날 지경이었다.

눈처럼 새하얀 약선마면의 존엄이 드러나고 약선게장의 순살 위에 올라앉은 성게알 또한 목젖에 눌러둔 군침을 주체할 수 없게 만들어 버렸다.

질박함의 극치를 이룬 돼지감자구이와 무화과구이는 원초적인 식욕을 후려쳤다. 거기에 은은한 오방색으로 펼쳐지는 오과 강정과 대추설기, 꽃송편.

그래도 마지막 접시는 제법 컸다. 바닥도 이층 구조다. 특별한 장식 때문이었다. 디저트의 일종이 담겨진 삼색양갱이었다. 머루와 살구, 흰팥양갱들이다. 수막새를 그린 소스 옆에 펼쳐진 황색과 검은색, 흰색의 앙상블이 기가 막혔다. 그 시선의 끝은 얼음 조각이었다. 양갱보다 낮은 바닥에 자리 잡은 얼음 조각 안에는 오리알처럼 생긴 흰 알이 들었다. 알 표면에 얼어붙은 건 노란 들국화꽃이었다. 노란 꽃 다섯 송이를 함께 얼렸으니 시선을 끌기에는 그만이었다.

소박한 재료로 이룬 질박함의 극치.

그러나 원초적 미각을 자극하는 요리.

"원더풀!"

러시아 대통령의 입에서 흡족한 감탄이 터져 나왔다. 중국 주석은 민규를 향해 엄지를 세웠고 미국 대통령은 양손의 쌍엄지를 세웠다.

주용길의 입도 초고속으로 귀밑에 걸려 있다. 다른 지도자들의 만족감 때문이 아니었다. 그 자신의 식욕과 미각 역시 통제 불능의 대만족이었다.

"요리……."

그 황홀한 감상의 분위기에 민규 목소리가 들어왔다.

"대저 많은 분들은 요리가 나오면 그 기원이나 의미, 상징과 조화에 대해서 궁금해하십니다. 그러나 제가 생각하기에 요리에 대한 정답은 먹는 분들의 눈과 입, 목에 있지 않을까 합니다. 오늘 구성한 요리의 식재료는 모두 한국산입니다. 혹시 궁금해하실지도 모르는 레시피는 이미 지도자님들의 수행 책임자에게 전달해 두었습니다. 한국 속담에 금강산도 식후경이라는 말이 있는데…….'

민규, 잠시 말을 끊고 다섯 지도자들의 반응을 바라보았다. 거기 세계를 좌지우지하는 다섯 지도자는 없었다. 그저 맛난 요리를 먹고 싶어 안달과 조바심으로 범벅이 된 다섯 아이가 있을 뿐이었다. 지금 이 순간, 그들은 모두 순수한 동심으로 돌아가 있었다. 어머니가 차려놓은 최고의 테이블. 미친 듯이 휘저으며 욱여넣고 싶은 식탐의 동심…….

"저 역시 최고의 설명은 바로 시식이라고 생각합니다. 그러니 일단 요리를 즐기신 후에 요리의 주제에 대해 설명을 드리도록 하겠습니다."

민규가 요리를 가리켰다. 다섯 지도자는 세계의 법이자 왕. 그러나 이 테이블의 법칙이자 왕은 민규. 왕의 허락이 떨어지자 지도자들의 시선이 일제히 요리로 넘어갔다.

"편안하게 즐기시기 바랍니다."

주용길 역시 민규 편에서 손님들의 부담을 덜어주었다.

"그럽시다. 셰프가 그러라니……."

첫 번째로 스푼을 든 사람은 러시아 대통령이었다. 그게 시식의 신호가 되었다. 그런데…….

"……?"

중국 주석의 수프를 본 러시아 대통령의 눈빛이 꿈틀 경련을 했다. 자세히 보니 그의 것과 달랐다. 미국 대통령도 그랬다. 그의 수프 안에 든 건 청보리만이 아니었다. 율무가 있는 것이다. 마찬가지로 교황은 수프도 색감이 조금 달랐다.

약선요리의 대가.

그제야 민규를 대표하는 한 단어가 스쳐 갔다. 다섯 지도자의 수프. 얼핏 보기에는 다 같은 것 같지만 일일이 과정과 첨가물을 달리한 민규였던 것.

그러고 보니 전채로 먹은 요리도 그랬다. 자신의 접시에는 청포도가 있었다. 청포도 냄새도 났으니 즙도 뿌렸다. 그건 이 수프도 그랬다. 다른 사람의 수프에는 잣가루를 뿌렸지만 교황의 것에는 마 조각이 뿌려졌고 미국 대통령에게는 산딸기 고명이 올라갔다.

청포도……

부드러운 밤 맛과 아련한 단맛 사이에서 느껴지는 청량한 새콤함은 마치 숨은 보물을 찾는 기분이었다. 혀는 레이더가 된 듯 청포도를 찾아다녔다. 그사이에 수프는 동이 나버리고 말았다. 너무나 아쉬운 러시아 대통령, 입안에 남은 맛을 훑어 먹었다. 순간, 광명이 내려왔다. 민규가 또 한 그릇의 수프를 세팅해 준 것.

'셰프.'

이심전심의 고마움이 전광석화처럼 달려들었지만 미소로 때웠다. 이번 접시에는 청포도가 더 많았다. 러시아 대통령은 아이로 돌아간 듯 천진난만한 표정이 되었다.

수프 추가는 민규의 계산된 행동이었다. 러시아 대통령은 대식(大食) 언저리의 섭취력에 B급의 소화능력을 가지고 있었다. 그러나 자리가 자리였으니 그의 접시에만 산더미처럼 담을 수는 없는 일이었다.

미국 대통령은 이제 투계다리멱적을 집어 들었다. 닭다리치고는 놀랍도록 날렵했다. 그런데……

"……!"

미치도록 쫄깃하면서도 부드러운 식감에 몸이 나른해졌다. 게다가… 그 맛의 여운에는 그를 후려치는 또 다른 정체가 있었다.

'뭐냐?'

뇌수와 연구개를 동시에 쪼는 이 맛… 아무래도 닭다리의 맛만은 아니었다. 천천히 음미를 했다. 소스와 참기름의 맛은 환상이었다. 그러나 그 역시 그를 흔드는 그 맛은 아니었다. 그 푸근한 맛은 그의 몸에 다이렉트로 작용하고 있었다. 온몸을 타고 말단으로 내려가는 속 시원한 느낌… 목적지는 그의 불편한 방아쇠수지증후군의 그 새끼손가락이었다.

'버터?'

아니었다.

'양의 수이트?'

아니……

'그럼 팜유?'

미국 대통령은 골똘하게 생각했지만 답을 찾지 못했다. 결국 민규를 바라보았다.

"노루 힘줄입니다."

설명과 함께 민규가 웃었다. 미국 대통령이 궁금해하는 해답은 푹 고아낸 노루의 힘줄이었다. 그의 투계다리는 힘줄 육수에 재우고 뿌려가며 구워냈으니 방아쇠수지중후군을 위한 저격 약선이었다. 사용한 물은 열탕과 국화수, 천리수의 조합이었다. 초자연수에 더해 힘줄을 튼튼하게 하는 약선. 이미 조짐을 맛보았던 미국 대통령이었으니 불편하던 새끼손가락 부근이 한없이 시원해지고 있었다.

마무리는 냉이튀김이었다. 천년초 물든 튀김옷 덕분에 다홍빛이 돌았다.

아작!

상쾌한 소리와 함께 초원의 싱그러움이 달려들었다.

'봄맛이군.'

민규가 설명할 것도 없이 맛을 알았다. 그건 인간의 본성이었으니 미국 대통령 또한 외계인은 아닌 것이다. 동시에 시야가 시원하게 트였다. 약성이 탱탱한 산골 냉이였다. 원래도 간에 이로워 눈을 밝게 하는데 지장수 전처리까지 했으니 효과는 직빵이었다.

'흐음……'

이쯤 되니 민규에 대한 존경과 애정까지 솟아났다. 좋아진 기분으로 게장순살을 먹었다. 도톰한 게의 뒷다리 살점에 올라앉은 성게알. 그리고 그 위를 장식한 바다포도 모양의 해초 몇 알의 조화는 차마 보석과 다르지 않았다.

우물.

살며시 깨물자 성게알과 섞이는 게장의 풍성한 뒷다리살. 짭조름하면서도 담백한 뒷맛에······.

"······?"

뭔가가 상큼하게 톡톡 튀는 맛까지?

톡톡거림의 주인공은 지부자였다. 댑싸리의 열매 지부자의 마법. 그 초라한 들판의 씨앗 하나로 요리에 환상적인 포인트를 주는 민규였다.

아아······.

닭고기 한 점이 백악관의 스트레스를 전부 날려주는 것만 같았다. 딱 한 점뿐인 게 너무 아쉬운 요리였다.

교황은 산양삼튀김을 집었다. 황금산양삼이다. 머리부터 뿌리까지 완벽한 황금이었다. 지초기름으로 튀겨냈으니 아련한 분홍빛까지 감돌았다. 삼은 입안에서 우아한 향을 냈다 치렁한 뿌리 쪽은 바삭거리는 뒷맛이 더 좋았다. 그 역시 투계다리와 게장순살을 먹으면서 동심으로 돌아간 지 오래였다. 게걸스럽게 식탐을 발하지는 않지만 오직 먹는 일에 집중하고 있었다.

그러나 산양삼튀김은 오직 한 쪽이었다. 남은 건 새하얀 파뿌리튀김 하나. 황금산양삼과 같은 접시에 있으니 유난히 대조가 되었다. 그런데, 이 천한 파뿌리는 다른 지도자의 접시에 비해 굉장히 크기까지 했다.

　'내 것만 유독 크다?'

　교황은 그 의미를 알 것 같았다. 그 역시 러시아 대통령처럼 민규의 의도를 읽고 있었다. 테이블 위에 놓인 요리는 모두 열한 가지. 같은 요리지만 같지는 않았다. 그러니 민규가 실수로 큰 뿌리를 주었다고 생각하지 않았다.

　'최상의 뿌리와 최하의 뿌리……'

　교황으로서 인류의 빈부를 돌아보라는 것인가?

　파뿌리튀김이 교황의 입으로 들어갔다.

　아사삭!

　소리는 기가 막혔다.

　'으헉!'

　맛도 기가 막혔다. 산양삼의 쌉싸래한 단맛도 일품이었지만 파뿌리의 풍후한 단맛도 최고였다. 매운 파가 뜨거운 기름 속에서 단맛으로 변한 것.

　"……?"

　거기서 파뿌리 하나가 더 추가되었다. 가벼운 미소와 함께 민규가 더해준 파뿌리. 사실 기왕이면 산양삼뿌리를 줄 것이지 하는 생각도 있었지만 이내 사라져 버렸다. 파뿌리를 받아들이는 몸의 반응 때문이었다. 교황의 파뿌리에는 돌소금가루로 간을 맞췄다. 암염이다. 두 처방은 눈과 머리를 위한 약선이었다. 파뿌리는 미리 지장수와 방제수에 고루 담가둔 정기를 살렸기에 효과는 두말할 것도 없었다.

'아아…….'

교황은 몸이 뜨는 것을 느꼈다. 요리의 양이 적어 애간장이 녹지만 역설적으로 보면 다행이었다. 그렇지 않다면 식탐 발작을 일으킬 정도로 민규의 요리는 온몸을 흔들고 있었다.

와자작!

중국 주석이 강정을 무는 소리는 조금 컸다. 걸쭉한 죽물을 얇게 도포해 말려낸 후에 튀겨낸 민규. 그것들을 한 층, 한 층 쌓아 열한 층을 올리니 선녀의 옷이나 구름 과자처럼 보였다. 그 위에 올라간 건 오과(五果)를 갈아 만든 소. 복숭아, 자두, 살구, 밤, 대추를 갈아 새콤, 달콤, 고소한 맛을 이룬 후에 송홧가루를 뿌렸다. 송화는 몸을 가볍게 만든다. 긴 비행과 시차 적응을 위해서도 좋은 구성. 그 위에 또다시 열한 층의 죽물튀김을 올린 게 강정의 실체였다.

그러나 주석의 소는 그것만이 아니었다. 그의 木형 체질을 위해 오미자와 참깨, 잣을 추가했으니 식욕이 당기지 않을 수 없었던 것. 덕분에 그의 침 속에 녹아드는 특정한 이온들은 미세융모를 폭발 지경까지 몰고 가버렸다.

꿀꺽!

맛의 폭풍이 일기도 전에 강정은, 주석의 목을 넘어가 버렸다. 별수 없이 입안에 남은 여운을 즐길 때 강정이 추가되었다. 이번에도 민규는 정중한 미소를 보일 뿐이었다.

주용길은 돼지감자구이를 먹었다. 막 생긴 돼지감자를 솔잎과 함께 구워놓았을 뿐. 그러나 지상의 어떤 산해진미에도 뒤지지 않는 참맛이었다. 무화과구이 또한 질리지 않는 단맛이 애간장을 녹였다. 과연 민규였다. 그저 발에 차이는 흔한 식재료까지도 최고의 맛으로 승화시키는 솜씨…….

가만히 네 귀빈들을 바라보았다. 교황은 강정을 먹고 있다. 러시아 대통령도 그랬다. 조금이라도 강정을 흘릴까 조바심까지 엿보인다. 주석은 대추설기를 집고 있었다. 대추설기 중심에 오롯한 밤고물은 마치 황금처럼 보였다. 실제로 대추설기의 절반은 금박 코팅을 입고 있었다. 산양삼편에 이은 두 번째 금박 코팅이었다.

"하아아!"

"으음……."

러시아 대통령과 미국 대통령의 신음이 들렸다. 주석의 신음도 여러 차례 들은 주용길이었다. 하긴 그 자신도 맛의 감탄에서 자유롭지 못했다. 처음에는 체면 관리를 위해 신경을 썼지만 투계다리멱적에 이어 게장순살을 먹으면서 체면이니 이성이니 하는 '격식'은 무장해제가 된 지 오래였다. 다섯 지도자들은 사이좋게, 자연의 맛을 향유하는 자연인으로 돌아가 있었다.

대추설기는 정말이지 부드럽고 달콤했다. 떡이 아니라 카스텔라를 문 느낌이었다. 표면을 바삭하게 구워낸 꽃송편은 차마 먹기조차 아까운 예술품. 다섯 가지 색깔에 다섯 가지 고물을 품고 있는 맛은 거의 평가 불가의 최상이었다.

이제 남은 건 양갱이었다. 시리도록 흰 흰팥양갱과 새콤달콤한 향이 모락거리는 머루양갱, 그리고 푸근한 색감이 시선을 잡아끄는 살구양갱까지…….

주용길은 머루양갱부터 집었다. 미국 대통령도 그랬다. 그러나 교황은 흰 양갱, 주석과 러시아 대통령은 황금색 살구양갱이었다. 먹는 속도는 달랐다. 러시아 대통령이 먼저 먹고 다음 양갱을 집었다. 그리고 앞서거니 뒤서거니 마지막 양갱을 집어 들었을 때, 얼음 장식이 녹고 있는 걸 발견했다. 요리에 넋이 나가 보지 못했던 얼음 장식. 그게 녹아내리고 있었다.

'녹아?'

주용길의 미간이 살포시 구겨졌다. 하나하나 우아한 품격이 깃든 데커레이션. 그렇다면 이 얼음 장식 또한 녹아내리면 될 일이 아니었다. 민규답지 않은 것이다.

살랑!

얼음이 녹자 흰 알 위에 올라앉았던 들국화꽃 다섯 송이도 함께 흘러내렸다. 그게 신호였다. 얼음이 품고 있던 흰 알이 저절로 벌어져 버렸다.

"……?"

주용길의 시선이 알 쪽으로 향했다. 아니, 모두의 시선이 그랬다. 세로로 세워진 알에서 나온 그것이 모두의 시선을 잡아끈 것이다.

*　　　*　　　*

"……!"

"……?"

지도자들의 시선이 멈춰 버렸다. 속된 말로 시선 강탈이었다. 하얀 알에서 나온 건 눈부신 비둘기 조각이었다. 새하얀 받침대 위에 의젓하게 올라앉은 흰 비둘기는 신성과 순백 그 자체였다. 통마를 깎아 만든 것이었으니 그 아래 펼쳐진 다섯 작은 알 또한 시리도록 흰빛이었다.

"셰프……."

러시아 대통령의 입이 먼저 열렸다. 얼음 조각에 의미가 있다는 걸 알아차린 것이다. 그러나 아직 끝이 아니었다.

"알을 건드려 주시겠습니까?"

민규가 청했다. 러시아 대통령, 박력 있게 알을 건드렸다.

톡!

"……!"

다섯 지도자들은 한 번 더 경악했다. 알이 갈라지며 황금

깨알이 쏟아진 것. 다섯 알 모두가 그랬으니 상서로운 흰 비둘기가 낳은 건 고소하기 그지없는 황금 깨알이었다.

"만족스러운 만찬이 되셨습니까?"

민규가 비로소 지도자들에게 물었다.

"그렇소만……."

러시아 대통령이 대표로 답했다.

"차를 준비하겠습니다. 잠깐만 기다려 주시기 바랍니다."

민규가 성큼 걸음을 옮겼다. 차는 종규와 재희가 준비를 끝내고 있었다. 그걸 받아 들고 만찬장으로 돌아왔다.

"우워어."

조리병은 또 한 번 몸서리를 쳤다.

"그렇지? 아까보다 더 존엄이 서려 보이지?"

키 큰 조리병이 혼잣말처럼 중얼거렸다.

"그래. 죽인다."

"다섯 지도자들이 죄다 뻑 갔대."

"진짜?"

"그래. 복도에서 들었어."

"우워어, 그 요리들……."

조리병의 몸서리는 점점 더 깊어갔다. 눈을 감아도, 떠도 열한 가지 요리의 위엄은 결코 사라지지 않았다.

"제호탕입니다."

민규는 요리를 마무리하고 있었다. 제호탕 위에는 데이지꽃을 닮은 작은 소국 다섯 송이를 띄워놓았다. 보기만 해도 가슴이 청량해지는 시원한 제호탕. 최상급 성분을 가진 매실로 만든 것이니 향이나 품격은 한없이 우아했다.

또 다른 마무리는 테이블이었다. 그제야 물 향료의 중간 뚜껑을 열었으니 육천기의 방출이었다. 식사가 끝났으니 육천기의 활기를 무한 방출 하는 것이다. 요리로 얻은 활기와 육천기가 더하는 활기. 지도자들의 활기는 가속도가 붙기 시작했다.

"제호탕이라……."

미국 대통령과 교황이 한목소리로 차를 음미했다. 붉은 빛깔은 차라리 신성하게 보였다. 목이 시원해지는 동시에 위와 장도 편안해졌다. 요리로 몽롱해진 마음이 정갈해지는 순간이었다. 동시에 머리도 맑아졌다.

"제호탕은 머리에 지혜를 넣어준다는 뜻을 가진 차입니다. 세사의 번뇌가 사라지고 정신이 상쾌해지니 요리와 더불어 정신의 배도 채워 가실 수 있을 겁니다."

민규가 설명했다.

"제호탕… 과연 셰프의 것은 다르군요."

주석이 반응했다. 그는 제호탕을 알았다. 주석궁에서 종종 애용을 했다. 그러나 이 차처럼 깊은 맛은 아니었다. 그것은 물론 좋은 매실에 있었다. 주석궁에 들어오는 제호탕 또한 중국 절정의 것이었다. 지상 최고의 맛이다. 그러나 민규의 여덟 판별법으로 고른 약재, 거기에 더해진 상지수를 당할 제호탕은 지상에 없었다.

"정신의 배라면 영혼의 양식… 허헛, 위장에 이어 영혼의 배까지……."

교황이 부드럽게 웃었다. 배의 포만에 앞서 정기신혈의 포만을 느낀 교황. 허튼 요리를 배 터지게 먹은 것과는 비교가 되지 않는 만찬이었다. 그야말로 신의 한 상을 받은 느낌이었다.

"질문이 하나 있습니다."

미국 대통령이 민규를 바라보았다.

"무엇이든 말씀하십시오."

"아까 먹은 닭다리구이 말입니다. 거기 입안에서 톡톡 튀는 게 있던데 무엇입니까?"

"그 재료는……."

민규가 돌아보자 종규가 댑싸리 씨앗 지부자를 건네주었다.

"이것입니다. 한국의 초원에 자생하는 들꽃의 씨앗이죠. 상큼한 인삼 향이 나며 먹으면 입안에서 톡톡 터지는 재미에 야맹증까지 막아주는 착한 식재료입니다."

"맙소사. 이런 재료로 그런 맛을……."

미국 대통령이 혀를 내둘렀다.

"셰프, 오늘 차린 만찬을 관통하는 주제가 있을 것 같은데 그게 궁금합니다. 설명 좀 해주실 수 있겠소?"

러시아 대통령은 부분이 아니라 전체를 요구했다. 슬쩍 바라보니 모두가 활기 충천이다. 요리가 만든 오장육부의 활력에 육천기의 활기 가세. 마침내 천국의 입구에 도달한 지도자들이었다.

"그러시다면 잠시 요리의 구성에 대한 설명을 드리겠습니다."

민규가 손을 내밀자 재희가 야생초샐러드 접시를 건네주었다. 전채에 나온 그 구성이었다.

"오늘 만찬을 관통하는 주제는 원초적인 맛과 평화를 위한 칸타타였습니다. 맛은 오미의 조화와 승화의 과정을 보여드렸으니 '오미의 속삭임'이라는 이름을 붙였습니다. 그 시작은 전채였습니다. 아시다시피 오미의 시작은 신맛과 쓴맛입니다. 그래서 전채에 쓰이죠. 이 두 맛은 묘하게도 거부감이 드는 것 같지만 식욕을 올리는 신호탄이기도 합니다. 그렇기에 제 맛의 시작 또한 새콤한 신맛이었고 쌉싸래한 쓴맛이었습니다. 그 맛들은 이내 단맛으로 조화를 이루고 매운맛과 짠맛을 더해 절정까지 달렸습니다."

정제된 신맛.

원초의 쓴맛.

천국의 단맛.

아련한 매운맛.

푸근한 짠맛…….

민규가 펼친 다섯 가지 오미의 향연. 그건 누구도 부인할 수 없는 원초의 속삭임이었다. 초호화 재료가 아니라 소박한 재료. 그것으로 본질적인 맛을 살려 인간 또한 그 자연의 일부임을 깨닫게 하고 자연의 맛 속에서 평화를 만끽하게 하는 치명적인 속삭임……

오—감—만—족!

인간과 자연과의 교감을 추구한 것이다.

"요리의 맛을 돌아보시면 인간과 오미의 조화와 화평, 그로 인한 오감의 만족을 느끼실 수 있을 겁니다."

"아, 그러고 보니……"

"오오!"

지도자들이 감탄사를 토했다.

"궁중대추설기입니다. 모든 요리를 다 설명하면 지루하실 테니 몇 가지만 설명하겠습니다. 이 요리는 간단하지만 인간을 대표하는 성, 남성과 여성을 상징하는 요리입니다. 대추는 남자를 뜻하고 밤은 여자를 뜻하니 두 요리의 조화로 남과 여를 상징해 보았습니다."

다음 접시를 받아 든 민규가 설명을 이었다.

"오!"

러시아 대통령이 감탄을 터뜨렸다. 입에서 살살 녹던 대추설기. 의미를 알고 나니 아까 먹은 맛이 더욱 간절하게 느껴졌다.

그다음 차례는 머루, 살구, 흰팥 양갱이었다. 검고 희고, 황색의 양갱…….

"바로 지구를 구성하는 대표적인 인종들, 흑인과 백인, 그리고 황인을 상징하는 요리로 역시 세 인종의 화합을 꿈꾸며 만든 요리입니다."

"아, 그러고 보니 양갱 색깔이……."

"그리고 이 산양삼튀김과 파뿌리는……."

다음 접시를 받아 든 민규가 설명을 이어갔다.

"산양삼은 뿌리채소의 황제이자 귀족입니다. 그에 비해 대파의 뿌리는 현실적으로 그냥 버려지는 쓰레기에 불과하죠. 이 극한의 대조는 바로 빈자와 부자, 즉 빈부를 대표하는 식재료로 구성해 보았습니다."

"……."

"이 다섯 궁중오색꽃송편은 오륜기의 오대양을 상징합니다. 반달 모양으로 빚어낸 건 희망을 위한 상징입니다. 지금 조금 부족하지만 점점 더 나아질 미래. 그 미래를 꿈꾸며 만들었습니다."

"……!"

"전체적으로 정리하면 제 요리의 주제는 남과 여, 빈자와 부자, 흑백황 인종으로 대표되는 지구에서 일어나는 많은 불편과 충돌, 전쟁과 반목, 악덕과 폭력 등이 사라지길 바라는 마음을 여러 지도자님의 마음에 새길 수 있기를 희망하는 작품이었습니다. 바로……."

민규가 다시 손을 뻗었다. 재희가 넘겨준 건 오리알 크기의 흰 알이 세로로 놓인 접시였다.

"이것처럼요."

민규가 손을 대자 알이 벌어졌다. 흰 마로 조각한 흰 비둘기가 보였다. 그 아래에 놓인 다섯 흰 알은 시리도록 하얗게 보였다. 그 다섯 알은 여기 모인 지도자들을 상징하는 숫자. 다섯 지도자들은 그 알에 꽂힌 시선을 차마 떼지 못했다.

"주제넘지만 평화의 상징인 이 흰 비둘기… 이 비둘기를 날려 보내는 건 다섯 분의 몫으로 남겼습니다. 보잘것없는 만찬을 위해 먼 하늘을 날아온 지도자님들. 돌아가시는 길에는 부디 이 새하얀 비둘기가 여러분의 마음속에서 함께 날갯짓하기를 바랍니다."

민규의 요리 해설이 끝났다. 대기하고 있던 종규와 재희가 옆으로 다가왔다. 셋은 공손히 마감 인사를 올렸다.

짝짝!

짝짝짝!

박수 소리가 울렸다. 러시아 대통령을 필두로 교황까지. 모두가 기립이었다. 문 앞까지 나온 민규가 한 번 더 인사로 답했다. 그때까지도 다섯 지도자들의 박수는 그치지 않고 있었다.

짝짝짝!

박수는 복도에도 있었다. 손병기의 청와대 팀과 현장 지원 팀이었다. 박수는 복도 끝까지 달려 나갔다.

"이 셰프님."

손병기가 다가왔다.

"정말 수고하셨습니다."

그가 민규 품에 안겨왔다. 그대로 두었다. 아직까지는, 민규가 이 만찬의 왕이었다. 왕은 수하를 품어주는 법. 그가 자신의 감격을 최대한 누릴 때까지 그냥 두었다.

"와아아!"

짝짝짝!

이번에는 주방이었다. 민규가 데려온 종업원들과 조리병들이었다. 그들은 열광적인 함성과 함께 감격과 보람을 만끽했다.

보셨습니까?

민규가 창밖 하늘을 바라보았다. 하늘은 유난히 청명했다. 그 푸른 하늘에 이윤과 권필, 정진도가 서려 보였다.

오늘 어쩌면…….

당신들에게 빌린 권능의 보답을 조금이라도 한 것 같습니다.

그렇죠?

하늘을 바라보는 민규의 눈시울이 뜨끈하게 젖었다.

짝짝짝!

이번에는 민규의 박수였다. 감격을 내려놓고 종규와 재희, 종업원들과 조리병들에게 박수를 보냈다.

"다들 수고했어요."

진심이었다. 지휘는 뛰어난 셰프 한 사람으로 가능하지만 만찬의 차림은 한 사람으로 될 일이 아니었다. 분위기에 맞춰 종규가 나비를 죄다 불러 모았다.

"와아아!"

모두가 그 나비에 넋을 놓았다. 저만치 북쪽 건물의 북한 병사들도 다르지 않았다.

"아, 종간나 새끼들, 맛난 냄새 한번 오지게 피우누만."

굳은 표정의 북한 병사는 괜한 불평과 함께 입맛을 다셨다. 거기까지, 아직도 진동하는 투계다리멱적 요리의 위엄이었다.

"종규야."

민규가 돌아보았다. 홀가분해진 얼굴이었다.

"예, 셰프!"

"다들 출출하지?"

민규가 조리병을 바라본다. 종업원들도 빼놓지 않았다.

"뭐 조금 그렇기는 하지만……."

종규가 목덜미를 긁었다.

"녹두 넉넉하냐?"

"예."

"그럼 준비해라. 주빈들 대담 끝날 때까지 창면이나 말아야 겠다."

"그럼 한 20인분은 해야 할 텐데……."

"상관있냐? 물 끓이고 오미자도 준비해라. 아, 투계 남은 부위들 있지? 그거 저며서 설야멱적으로 구워내고."

"으앗, 저희도 주시는 겁니까?"

키 큰 조리병이 물었다.

"그럼요. 칼질 솜씨 괜찮으면 우리 부셰프 도와서 투계 좀 준비해 주세요."

민규가 화답했다.

다닥다닥!

토닥토닥!

창면 썰어내는 소리와 투계 써는 칼질 소리가 실내를 울렸다.

다섯 지도자는 무엇을 하고 있을까? 그들은 일단 공감대를 형성했다. 같은 장소에서 같은 음식을 먹은 게 그것이었다. 지나가다 들러서 먹은 음식이 아니었다. 중대한 일정을 미루고 달려온 판문점 만찬. 올 때는 빈손이었지만 갈 때는 얘기가 달랐다. 세계사에서 차지하는 비중이 있었으니 맨손으로는 갈 수 없는 것이다.

치이익!

투계 익는 소리가 들렸다. 숯불을 맞아 익어가는 냄새가 좋았다. 투계는 닭이다. 닭은 따뜻한 성질을 가지고 있다. 그렇기에 찬 성질의 녹두와 궁합이 딱이었다. 전복도 환상이지만 분량이 적었다. 막간 뒤풀이는 그저 모두가 함께 즐길 수 있는 재료가 좋았다.

"자, 다들 배고프죠? 어서들 드세요."

간편 테이블을 완성한 민규가 사람들을 불렀다. 복도의 몇 명도 포함이 되었다.

"우화!"

다들 입이 벌어졌다. 창면의 포스는 그야말로 우아했고 투계설야멱적은 침의 범람 유발자가 되었던 것. 그렇다고 창면과 멱적을 그대로 내놓은 것도 아니었다. 그사이에 몇 가지 고명을 올렸으니 칡을 실타래처럼 풀어 튀겨낸 튀김이 그랬고 남은 냉이와 파뿌리튀김이 그랬다. 멱적 위에는 잣가루도 빠지지 않았고 홍시와 독도새우 조합의 소스도 푸짐하게 깔렸다.

"으아, 으아……"

조리병들은 한 가닥, 한 점을 먹을 때마다 몸살을 앓았다. 종업원들 역시 숨도 제대로 쉬지 못하고 먹어댈 뿐이었다.

중독!

그건 정말이지 찬란한 중독이었다. 한 입이 줄어들 때마다 녹아내리는 애간장. 한 점이 줄어들 때마다 타는 조바심. 그렇기에 마지막 남은 한 방울의 오미자 국물과, 멱적 접시 바닥의 소스까지 긁어 먹고도 수저를 놓지 못하는 그들이었다.

"아아, 정말 미칠 듯한 맛의 감동입니다."

"저는 오장육부가 다 녹아버린 것 같습니다."

조리병들은 맛의 몽환에서 깨어나지 못했다. 피로가 쫙 풀리고 갈증까지 사라졌으니 바로 창면의 약선 효과였다.

바로 그 순간, 평화의 집 앞으로 취재진들이 몰려들기 시작했다. 거대 통신사를 비롯해 전 세계 방송 신문사의 기자들이었다. 얼핏 보아도 백여 명은 될 것 같은 취재진들. 한 명, 한 명 거물들이 나올 때마다 더 좋은 위치를 위해 밀고 당기느라 정신이 없었다.

주용길이 먼저 나왔다. 뒤를 이어 나오는 교황에게 자리를 안내했다. 미국 대통령과 중국 주석, 러시아 대통령까지 걸어 나왔다. 다섯 지도자의 얼굴은 지나치도록 밝았다. 미국 대통령이 주용길에게 손짓을 했다. 발표문을 맡으라는 의미였다. 주용길이 다른 지도자들을 돌아보았다. 그들도 미국 대통령의 눈빛과 다르지 않았다.

다섯 지도자들.

만찬장에서 의미 있는 결의를 했다. 세계평화를 위한 진일보한 협력을 다짐한 것이다. 그 실례로 당장 몇몇 분쟁지역의 평화협정을 약속했다. 미국 대통령이 자국의 책임자에게 전화를 걸었고 러시아 대통령도 그랬다.

발표의 영광은 교황에게 주었다. 그러나 교황이 양보를 했다. 여기는 대한민국. 이 땅의 지도자가 대표로 발표하는 게 좋다고 생각한 것이다. 교황의 뜻이니 누구도 이의를 달지 않았다.

"셰프님, 우리 대통령이 대표로 발표하려나 봐요."

창문을 내다보던 재희가 소리쳤다. 종규와 민규, 조리병 등이 창으로 다가왔다. 1층 입구에 마련된 임시 발표장에 지도자들이 보였다.

"친애하는 지구촌 가족 여러분."

주용길의 입이 열렸다.

"오늘 우리 다섯 사람, 즉 교황 성하와 미국, 중국, 러시아, 그리고 본인 대한민국 대통령은 이 분단의 현장 판문점에서 한 셰프의 요리를 먹었습니다. 이 만찬은 특별히 화려하지 않았으나 깊은 깨달음을 주었으니 지상의 어느 만찬보다도 뜻깊은 자리라 아니할 수 없습니다. 이러한 자리를 계기로 우리 다섯 사람은, 지구촌을 위협하는 전쟁과 갈등, 범죄와 반목 등에 관해 기탄없는 대화를 주고받았습니다. 그 결과 우리 다섯 사람부터 지구촌의 평화를 위한 협력과 지지, 지원에 최선의 노력을 경주하기로 하였음을 공표합니다. 오늘 이후 우리 다섯 사람은 세계의 지도자들과 머리를 맞대고 지역적 분쟁이나 반목, 갈등해소에 진력하여 지구촌 모두가 번영과 안정을 이루는 초석이 될 수 있도록……."

펑펑!

선언문을 읽어가는 주용길 얼굴에 카메라 셔터가 불을 뿜어댔다. 그 광경은 전 세계 160여 개국으로 생중계가 되고 있었다. 주용길 옆에 도열한 지도자들은 한결같이 흡족한 표정이었다.

그리고……

그 연설의 말미쯤에 손병기가 주방 문을 박차고 들어섰다.

"셰프님, 지금 좀 내려가셔야겠습니다."

떨리는 그 목소리. 민규에게는 이유를 물을 시간조차 주지 않았다.

"그럼 여기서 우리 다섯 사람은 이 뜻깊은 기회를 만들어준 최고의 셰프, 그 한 사람을 한결같은 마음으로 모시고자 합니다."

주용길이 뒤를 가리켰다. 주용길의 양편에 나눠 섰던 네 지도자가 약속처럼 돌아보았다. 뒤에서 한 사람이 걸어 나오고 있었다. 안드레 주가 맞춰준 고아한 숙수 복장의 한 사람. 바로 민규였다.

"대한민국, 아니, 약선요리의 세계적인 대가 이민규 셰프입니다."

주용길의 목소리가 불꽃처럼 튀었다. 다섯 지도자들과 어깨를 나란히 하고 선 민규. 여기서만큼은 분명한 주인공이었다. 왕 중의 왕이었다. 만찬장을 휘어잡던 민규의 카리스마는 거기서도 우뚝우뚝 저절로 작렬하고 있었다.

펑!

화산처럼 폭발하는 카메라 세례에 눈앞이 나른해졌다.

펑펑펑!

카메라는 쉬지도 않았다. 정면으로 내리쬐는 태양과 카메라의 불빛… 그것들은 민규의 시야를 아득하게 만들어 버렸다.

짝짝!

몽환 속에서 박수 소리가 들렸다. 눈 시린 햇살 안에 두 개의 그림자가 보였다. 환생 메신저와 전생 메신저였다. 그 둘, 민규 앞에 나타난 처음과는 달리 경외감까지 어린 시선으로 박수를 계속해서 보냈다.

고맙습니다.

민규가 말하자,

고마운 건 우리야.

그들이 답했다.

펑펑!

셔터 소리와 함께 메신저들의 속삭임이 공명으로 이어졌다.

그대는 우리 시스템의 자랑이자 우리의 보람이니까.

궁금하지 않아?

전생 메신저가 나지막이 중얼거렸다.

뭐가?

환생 메신저가 답한다.

저 친구 말이야, 아직 한 사람 더 살릴 수 있는 능력이 있잖아?

운명 시스템을 검색해 볼까?

그냥 둬. 미리 보면 재미없잖아?

전생 메신저가 웃었다. 환생 메신저 역시 절대 공감이었다. 소중한 건 아끼고 싶다. 한 점, 한 점 줄어들 때마다 조바심을 내며 민규의 요리를 먹던 다섯 지도자들처럼……

8. 에필로그-UN의 초대

시간이 달력을 넘겼다. 계절을 넘겼다. 해가 흘러갔다. 사계절 새로운 먹거리들과 함께 민규의 관록도 새록새록 깊어갔다.

"다녀오십시오."

맛깔스러운 향이 퍼져 나가는 사옹대의 정원. 그 앞에 도열한 셰프 수련생들이 입을 모았다. 4기로 들어온 8명이었다. 인솔은 재희였다. 그녀의 포스는 이제 몇 해 전과 달랐다.

"타요."

차 문을 가리키는 건 남예슬. 지난 연말 대한민국 최고 연예인상 2연패에 빛나는 그녀의 손은 민규가 판문점 만찬에서 선보인 흰 마 비둘기 조각보다도 아름다운 흰빛이었다.

"다녀오세요."

수련생들 앞에서 재희가 손을 흔들었다. 그녀도 이제는 전문 셰프의 성숙미를 갖춰가고 있었다. 그에 걸맞게 빛나는 수상 경력까지 갖춘 그녀였다.

부릉.

시동이 걸렸다. 남예슬의 흰 스포츠카가 부드럽게 출발했다.

"잠깐만!"

귀청을 찢는 고함의 주인공은 차만술이었다. 앞치마를 두른 채 달려와 차를 가로막았다.

"어휴, 손님 치르느라 깜박했네."

그가 한숨을 돌렸다.

"손님은 왕이잖아요? 조용히 다녀온다고 했는데……."

"그건 이 셰프 마음이고 나는 아니거든."

"봉투는 절대 사양입니다."

"그 봉투는 이미 우리 대학에 장학금으로 보냈고."

"다녀올게요."

"그래. 다녀오면 찐하게 한잔하자고."

"예."

민규가 답하자 차만술이 손을 들어 보였다. 그를 지나자 '사옹대' 조형물이 스쳐 갔다. 조형물은 두 번째 만든 것이었다.

글자도 새로 추가되었다.

'대한민국 궁중요리의 요람.'

추가된 휘호는 대통령의 작품이었다. 조각 조형물 또한 대통령의 선물. 그러니까, 벌써 몇 해 전의 이야기가 되어버린 판문점 만찬 직후였다. 그날, 대통령은 따로 기자회견을 가졌다. 평화 만찬의 의의를 설명하면서 민규의 사옹대를 국가 만찬장으로 지정한다는 선언을 했다. 민규와의 약속을 지킨 것이다.

그날 오후 미슐랭 관계자의 연락이 왔었다. 별 셋을 주겠다는 제의였다. 정중하게 사양을 했다. 그 별은 너무 소중하지만 민규는 길고 긴 요리 인생을 별 셋이라는 한계 속에 살고 싶지 않았다. 대신 차만술이 별 하나를 받았다. 별이 걸린 날, 차만술은 민규 앞에서 펑펑 울었다.

그다음 해에 민규는 첫 수련 셰프를 받아들였다. 궁중요리와 약선요리의 전파에 적극적으로 나섰으니 재희와 종규가 식치방 약선요리 대회에서 공동 대상을 받은 얼마 후였다.

대상까지의 과정은 어마어마했다. 민규의 약선요리가 부각되면서 역대 최다 응시자를 기록한 것이다. 보통 두세 개의 체육관을 빌리던 식치방 약선요리대회. 무려 6개의 체육관을 빌릴 정도로 응시자가 넘쳤으니 응시자만 만 명을 넘었고 해외 응시자 또한 600명을 넘는 수준이었다.

종규와 재희의 입상은 쉽지 않았다. 민규에게 앙심을 품은 회장 우중균 때문이었다. 그는 심사 위원 일부에게 종규와 재희의 탈락을 지시했다. 그러나 그 음모는 김선달 피디 덕분에 깨졌다. 그쪽 방송국에서 특집방송 구성을 제안한 것. 우중균은 대회의 과시와 회사의 홍보를 위해 그 제안을 받아들였다. 그게 우중균의 실수였다. 모든 과정이 카메라에 찍혔다. 더구나 재희와 종규는 민규의 수제자 격. 두 사람의 요리 과정은 더욱 집중 조명을 받았으니 탈락조차도 구제가 될 수 있었다.

"화면 판독을 요청합니다."

결선을 앞둔 제3과제 때였다. 나란히 탈락의 결과를 받아든 종규와 재희가 이의를 제기했다. 과제를 제대로 수행했음에도 인정을 받지 못한 것.

김선달 피디가 그걸 도와주었다. 화면을 돌리지 두 심사 위원의 잘못이 드러났다. 종규와 재희의 말이 맞았던 것. 그 둘은 우중균의 심중을 반영하는 사람들. 그러나 명명백백한 화면 앞에서야 별수가 없었다. 결국 재희와 종규가 추가 통과자로 결선에 올랐다.

—골동면과 진연의궤(進宴儀軌) 메밀국수 재현.

결승의 마지막 과제였다. 골동면도 메밀을 쓰니 결국 두 개의 메밀국수를 만들어내라는 것. 그것은 메밀국수의 시대적 변천에 더불어 정통 메밀국수를 재현하라는 과제였다.

잡채, 배, 밤, 쇠고기 채, 돼지고기 채, 참기름, 간장.

골동면에 들어가는 재료였다.

동치밋국, 양지머리 편육, 돼지 사태 편육, 배추김치, 배, 꿀, 잣.

진연의궤 레시피와는 근소한 차이가 났다. 그 근소한 차이가 이 과제의 핵심이었다.

재희와 종규는 레시피를 정확히 이해했다. 결정적으로 썰어 놓은 고기의 격이 달랐고 고명의 격이 달랐다.

맛 또한 참가자들 수준에서는 비교 불가에 속했다. 단순히 궁중 메밀국수를 재현한 것을 넘어 그 맛을 거의 그대로 재현해 낸 것. 무려 왕족이 먹던 맛이었다.

차이가 있다면 재희의 것은 정갈하고 종규의 것은 묵직했다. 심사 위원들은 격론 끝에 공동 대상 수여를 결정하고 말았다. 종규와 재희를 떨어뜨려서 소심한 앙갚음의 장을 마련하려던 식치방 회장. 오히려 둘을 띄워주는 결과를 낳고 만 것이다.

그해 가을, 인천공항에 사옹대 분점을 개점했다. 그 허가에도 청와대의 지원이 각별했다. 시설비와 임대료 등의 일체는 인도의 거부 '사리타'가 전격 협찬을 해주었다. 오픈식 날에는 그녀가, 인도 대통령까지 모시고 와 1번 손님으로 식사를 했다.

분점의 수석 셰프는 재희와 종규가 교대로 맡고 있다. 분점이 자리를 잡자 민규는 경쟁 체제를 가동시켰다. 종규와 재희에게 각 1년씩 공항 분점을 맡긴 후에 정식 분점장 자리를 주겠다고 한 것. 그 작년은 재희가 분전을 했고 올해는 종규가 분전 중이다. 그러니 내년이 되면 둘 중 하나가 공항 분점을 차지하게 될 것이다.

공항점이 오픈하기 얼마 전, 민규는 100억 거액을 기부금으로 내놓았다. 이 100억은 대한민국 사회에 일파만파의 영향을 끼쳤다. 기부금 선언의 자리가 각별했다. 보퀴즈도르의 시상대였다. 재희와 종규가 약선요리 대회에서 공동 대상을 먹자 둘을 이끌고 참가한 지구 최고의 요리 올림픽. 그곳에서 국가 금메달을 차지한 민규였다.

동방의 유혹.

금메달 수상 요리의 타이틀이었다.

예선부터 파죽지세였다. 상해의 아시아 태평양 예선 참가국은 모두 13개국. 일본과 중국을 엄청난 차이로 제치고 본선에 나갔다. 본선 24개국의 경연에서도 민규 팀의 요리는 초유의 관심을 받았다. 결국 대회 이래 최초의 만점을 기록하며 압도적인 솜씨를 뽐냈던 것.

"제 요리를 사랑해 주신 국민 여러분에게 보답하기 위해 100억을 기부합니다."

시상식 이후에 가진 기자들과의 기자회견. 파죽지세로 국가 금메달을 차지한 민규가 국민들에게 주는 또 하나의 선물이었다. 다른 의미도 있었다. 쑨차오의 쑨펑하이 그룹과 만든 중국 양념의 로열티가 200억을 채운 것. 나머지 100억은 쑨차오를 통해 중국 어린이들을 위해 기부를 했다. 한중의 인터넷이 동시에 난리가 난 날이었다.

보퀴즈도르.

그 참가 또한 한국요리의 홍보를 위한 선택일 뿐이었다. 세계 속의 궁중요리, 인류 속의 약선요리. 수년 동안 세계 최고 지도자들에게 약선요리의 위력을 선보인 민규였지만 서양요리 전문가들과 일반 대중에게의 어필은 보퀴즈도르만 한 게 없었던 것. 이후로 민규의 요리는 명의급 약선 위에 세계 최고의 요리라는 공식 타이틀까지 올려놓을 수 있게 되었으니 요리 변방국의 위상을 단숨에, 주요 국가의 반열에 올려놓는 민규였다.

끼익!

도로에 올라선 차가 신호를 받으며 멈췄다. 민규가 남예슬의 손을 가만히 잡았다. 그녀는 기다렸다는 듯이 기대왔다.

"아!"

민규가 살짝 소스라쳤다. 잊고 온 게 있었다.

"왜요?"

"예슬 씨 줄 초자연수를 두고 왔어요. 가다가 마트 나오면 좀 세워주세요. 다시 만들어야겠네요."

"아뇨. 저는 괜찮아요."

어깨를 기댄 채 그녀가 웃었다. 여전히 살구빛 홍조가 아련한 얼굴이었다.

"그래도… 오후에도 인터뷰 있다고 하지 않았어요? CF 촬영도 네 개나 줄을 서 있고……"

"먼 길 가시잖아요? 정기신혈 아끼세요. 아셨죠?"

다시 차가 움직였다. 그녀의 바른 마음. 그 마음이 오늘의 장면을 만들어주었다. 종규와 재희가 발전한 것처럼 조금씩, 조금씩 가까워진 둘이었다.

결정적인 계기는 그녀의 기부였다. 열 번째 CF로 들어온 전속금 15억원 전액을 초록초록재단에 쾌척한 그녀였다. 물론 익명이었다. 그 소식이 민규 귀에 들어온 건 간사의 타이틀을 쓰고 있는 이사장 김혜자 때문이었다. 민규가 기부금을 주는 자리에서 그녀가 그만 실언을 해버린 것. 민규의 시선이 그녀를 향해 고정되는 순간이었다.

"차는 신청하셨어요?"

네거리를 지나며 그녀가 물었다.

"예, 제가 귀국하는 다음 날 출고된다고 하더군요."

화제에 오른 차는 민규의 랜드로버였다. 양 회장이 사준 차는 종규에게 주기로 했다. 그러다 보니 새 차가 필요했는데 여러 사람들의 의견 때문에 굳이 랜드로버 레인지로버 스포츠 SVR로 사게 되었다. 가격은 2억에 가까웠다.

"잘 다녀와요."

인천공항 주차장에 차가 멈추자 남예슬의 입술이 다가왔

다. 그녀를 당겨 오래 키스해 주었다.

"이민규 셰프다."

"이민규 셰프야."

공항에 들어서자 사람들이 몰려들었다.

"흐음, 셰프님과 같이 다니면 제가 일반인 취급을 받는단 말이죠."

옆에 있던 남예슬이 아이처럼 웃었다. 모자를 눌러쓴 것도 모자라 주먹만 한 선글라스에 마스크까지 착용한 까닭에 그녀의 정체는 아직 드러나지 않고 있었다.

"그럼 내가 광고해 줘요?"

"아뇨. 그건······."

"다녀올게요. 사람들이 알아보기 전에 그만 가요."

"알았어요."

남예슬이 마지못해 걸음을 멈췄다. 그러나 그녀의 변장 역시 안전(?)을 보장하지는 못했다. 연예인이 달리 연예인인가? 더구나 최고 인기를 구가 중이었으니 실루엣만으로도 알아보는 팬들이 있었다.

"남예슬이다!"

누군가의 외침이 신호가 되었다. 입구를 코앞에 두고 팬들에게 둘러싸이는 그녀였다. 돌아보니 민규는 사람들에게 사인을 해주고 사진을 찍고 있었다. 그녀 역시 같은 모습을 연출하게 되었다. 그래서 좋았다. 민규를 닮아간다는 것. 그녀가 꿈꾸던 현실이었던 것이다.

수속을 끝낸 민규가 면세 구역으로 들어섰다. 민규는 사실 공항 정규 출입증이 있었다. 사용대 분점 때문이었다. 그러나 오늘은 출국하는 날이니 탑승 수속대를 거쳤다.

사용대 분점.

인천 제1공항 면세 구역의 중심부였다. 입구부터 궁중요리 분위기가 제대로 났다. 단아하게 그려진 궁중요리 약선요리 샘플들은 모두 민규가 선보였던 역작의 사진이었다. 요리 뒤에는 민규와 재희, 종규가 숙수복을 입은 채 버티고 서 있다. 볼 때마다 조금은 쑥스럽고 조금은 뿌듯한 민규였다.

"형!"

안으로 들어서자 종규가 반색을 했다.

"이 셰프다."

식사 중이던 손님들도 그랬다. 민규는 모든 테이블을 돌며 인사를 마쳤다. 분점의 메뉴는 본점과 달랐으니 민규가 없는 날은 메뉴가 정해져 있었다. 주방으로 들어가 숙수복을 입고 나왔다. 출국까지는 2시간 반이 남았다. 그 정도면 수십 명분의 요리도 가능한 민규였다.

"와우, 민규 리 셰프."

조금 전에 들어선 할리우드 톱스타가 행복한 표정을 지었다. 그녀는 인디애나에서 날아온 손님이었다. 민규의 사용대에 들르기 위해 굳이 환승을 택한 사람. 사용대가 들어선 이

후에 나타난 현상이었다. 그들 중에는 평범한 여행객도 있었지만 미슐랭의 별을 대신해 찾아온 사람이 많았다.

그렇기에 미국의 톱스타를 비롯해, 홍콩과 중국의 기업가들, 러시아와 중동의 거부들, 심지어는 중국 가는 길에 들르는 일본의 식도락가들도 많았다. 사옹대는 이제 미슐랭 별을 넘어서는 요리의 새 지평이었다.

"피부를 곱게 하는 약수입니다."

일단 추로수부터 소환해 주었다. 그녀가 물을 마시는 동안 체질창을 리딩했다. 운명 시스템에게서 능력을 얻은 첫날처럼 디테일하게 읽었다.

체질 유형—수 목 화 [토] 금 [삼초]

담간장—탁월 우수 [양호] 보통 허약 병약 위독

심소장—탁월 우수 [양호] 보통 허약 병약 위독

비위장—탁월 [우수] 양호 보통 허약 병약 위독

폐대장—탁월 우수 [양호] 보통 허약 병약 위독

신방광—탁월 우수 [양호] 보통 허약 병약 위독

포삼초—탁월 [우수] 양호 보통 허약 병약 위독

미각 등급—S [A] B C D F

섭취 취향—大食 過食 [平食] 小食 微食 缺食

소화능력—S A [B] C D F

체질 유형은 토형에 가까운 삼초형. 그녀의 수막창이 전해
준 정보였다.

"메뉴는 뭘로 정하시겠습니까?"

"평화 만찬 중에서 셰프가 골라주세요."

그녀가 몸서리를 쳤다. 민규를 만나는 것. 분점에서는 행운
이라는 걸 알고 온 것이다. 민규는 보통 일주일에 한두 번 분
점에서 일했다. 그러나 오늘은 예정된 날이 아니었다. 그럼에
도 민규를 만나게 되었으니…….

"돼지감자구이와 무화과구이, 그리고 궁중대추설기입니다."

오래지 않아 민규가 요리를 내왔다.

그녀의 대추설기는 土형 체질에 좋았고 감자는 삼초형에 좋
았다. 그녀는 요리 비주얼에 넋을 놓았다. 데커레이션으로 올
려놓은 데이지꽃튀김이 어찌나 바삭거리는지 건드리면 부서질
것 같았던 것.

다음 손님은 냉이튀김이 딸린 투계설야멱적과 오과 강정을
주문했다. 판문점 만찬의 단품 메뉴는 본점에서도, 이곳에서
도 최고의 인기 메뉴가 된 지 오래였다.

"어때?"

네 테이블의 손님을 응대하고 종규에게 물었다.

"그건 내가 물을 말이야. 재희한테 밀리지는 않아."

"그러려면 정신 바짝 차려야지."

"정신은 형이 차려야지. 이번 자리가 보통 자리는 아니잖아."

"그러냐?"

"방송에서 생중계까지 한다더라? 요리복은 잘 챙겼어?"

"아쭈, 이게 이젠 아주 형처럼 굴려고 그러네?"

"분점으로 나오니까 자주 못 보잖아? 형은 내가 챙겨야 하는데……."

"민세라나 잘 챙겨라, 응?"

민규가 종규 머리를 문질렀다. 민세라의 인스타에 종종 등장하는 종규. 그녀의 멤버들이 출연하는 프로그램에 케이터링을 만들어주기도 했다. 그래도 요리 연구는 허투루 하지 않으니 탓하지 않았다.

"형."

일곱 번째 요리를 마치고 요리복을 벗자 종규가 그 손을 당겼다. 안쪽 테이블에 약선대나무밥상이 차려져 있었다. 노릇하게 구운 보리굴비와 고소한 민물김, 그리고 맑은 국물이 수정처럼 맑은 대합탕을 갖춘 구성이었다.

"웬 거냐?"

민규가 물었다.

"보면 몰라? 옥탑방에서 형이 나 낫게 해준 약선대나무밥이잖아?"

"그러니까 이걸 왜?"

"이게 보통 약선이 아니거든. 강철의 심장 파워를 주는 용의 심장에 달변의 앵무새 혀, 뚝심의 곰 웅담, 혜안의 독수리 눈알까지 넣었으니까 쫄지 말고 다녀오라는 뜻이야."

"짜식이 가게 맡겨놨더니 요리는 안 하고 사이비 말발만 늘었나?"

농담으로 받아치고 대나무를 연 민규, 그 구성물에 시선을 뺏기고 말았다.

용의 심장.

앵무새의 혀.

곰의 웅담.

독수리 눈알……

모두 들어 있었다.

심장에 좋은 연밥을 심장 모양으로 조각해 넣었고, 혀에 좋은 수박을 나박썰기로 넣었으며 쓸개에 좋은 건지황 조각과 결명자가루… 톡톡 터지는 식감의 댑싸리는 야맹증까지 방지해 주는 구성이었다.

"이야, 짝퉁은 아닌데?"

"당연하지. 나도 형이랑 한 팀으로 보퀴즈도르 금메달에 약선요리 대회 대상 먹은 사람이라고. 형이 역사적인 자리에 가지만 바빠서 에스코트는 못 하고… 그러니까 든든하게 먹고 가. 남기면 죽음이야."

"야, 보퀴즈도르 금메달까지 딴 셰프가 협박도 하냐?"

"형은 그보다 더 위대한 셰프지만, 나한테 협박도 엄청 했었거든."

"그거야 너 잘되라고……."

"어허, 잔소리 접고 얼른 먹으세요. 식기 전에."

종규가 숟가락을 쥐여주었다.

"예."

군말 않고 수저를 들었다.

약선대나무밥.

3생의 능력을 공유한 후에 만들어준 종규의 약선이었다. 이 장면에서 이런 밥을 받으니 콧등이 시큰해졌다. 종규의 안녕과 성장 때문이었다. 그대로 살았다면 지금쯤 목숨을 마감했을지도 모르는 종규. 그 동생이 정성껏 만든 약선을 받으니 눈시울이 뜨거워졌다.

한 입을 맛보았다. 밥물로 들어간 건 열탕과 정화수였다. 열탕을 느낀 몸의 경락이 초고속으로 열렸다. 밥물에도 죽물을 따로 넣은 모양이다. 정기가 아지랑이처럼 인체 진액 탱크를 채운다. 굴비에는 잔뼈가 하나도 없었다. 민규의 우레타공만큼은 아니지만 각고의 노력 끝에 흉내 정도는 내는 종규. 벽해수에 재웠다가 구워냈으니 아침마다 민규가 보내주는 초자연수의 용도까지 정확히 활용하고 있었다.

짜식!

기특해서 눈물이 핑글 돌았다.

그래.

잘하고 올게.

너도 잘 지켜보렴.

누가 네 형인지.

형이 어떤 사람인지.

밥 한 톨, 국물 한 방울 남기지 않고 해치웠다. 심장은 불끈, 배는 빵빵, 신수는 말쑥. 그야말로 겁날 것 없는 출정이었다.

＊　　　　＊　　　　＊

뉴욕.

East Street 42번가에서 47번가까지.

우뚝 솟아오른 빌딩의 푸른 유리창에 햇살이 닿았다. 그 빌딩 앞에 차량이 멈췄다. 직원들이 문을 열자 유엔사무총장이 내렸다. 그는 옷깃을 여미고 하늘을 보았다. 더없이 맑은 날. 햇살처럼 가벼운 걸음으로 본관에 들어섰다. 로비에 있는 샤갈의 스테인드글라스 작품이 그를 반겼다. 걸음은 더 가벼워졌다.

"미스터 레인우드께서 입장하십니다."

안내 멘트와 함께 유엔사무총장이 총회장에 들어섰다.

짝짝짝!

가벼운 박수가 터져 나왔다. 모두 1,880여 석으로 구성된 총회장. 각국의 지도자들과 장관들은 이미 빼곡하게 착석해 있었다.

Republic of Korea.

한국의 주용길 대통령도 한눈에 들어왔다.

800석의 보도진들과 일반 방청객을 위한 자리는 이미 만석이었다. 일반 방청석에는 세계적인 요리사들과 미식가, 관련 산업 관계자들도 가득했다.

그들 사이에 루이스 번하드와 클랜튼이 있었다. 샤킬 피펜도 있고 아이즈먼과 그리펀도 있었다. 램지와 라미네 등의 세계적인 요리사도 보이고 보퀴즈도르를 주관하는 사람들도 보였다.

연단에 선 유엔사무총장이 고개를 들었다. 제일 먼저 눈에 들어온 사람은 미국 대통령이었다. 그의 강력한 파트너인 중국 주석도 보였다. 거기에 더해 러시아 대통령과 일본 수상, 영국 수상, 독일 총리⋯ 그야말로 명실상부한 세계 지도자들이 참석한 자리였다.

이건 엄청난 사건이었다. 그가 총장이 된 이래 세계의 실질적 지도자들이 한자리에 모인 일은 없었다. 아니, 유엔의 역사를 다 합쳐도 센세이션한 일이었다.

이런 역사를 가능하게 한 단 한 사람⋯⋯.

세계 최고 지도자들의 입맛을 사로잡아 버린 최고의 셰프⋯⋯.

바로 민규 덕분이었다. 캐나다의 새해 정찬 이후로 민규의 팬이 된 유엔사무총장. 민규의 요리를 이용한 인류에의 기여를 구상하던 중에 판문점 만찬이 열렸다. 그게 한 줄기 빛이었다.

교황+미국 대통령+중국 주석+러시아 대통령…….

유엔 가입국의 대다수를 움직일 수 있는 거물들. 그들도 민규의 요리에 넋을 놓은 것. 나머지 프랑스의 영향력 아래 있는 나라들이 문제였지만 그 또한 민규의 보퀴즈도르 금메달로 해결이 되었다. 심사 위원 만장일치에 만점을 기록한 요리. 약선요리를 살짝 폄하하던 그들이었지만 보퀴즈도르까지 압도적으로 장악하자 태도가 돌변해 버린 것.

"만장하신 여러분."

마침내 유엔사무총장의 발언이 시작되었다.

"변화무쌍한 이해관계를 잠시 접고 자리를 함께해 주신 여러분께 진심으로 감사를 드립니다. 생각건대 오늘은 우리 유엔에, 아니, 우리 인류에게 가장 뜻깊은 자리가 아닐 수 없습니다."

"……."

총장이 숨을 고르는 동안 참석자들은 한마음으로 주목했다.

"오늘날 우리 인류는 인종과 종교, 빈부와 환경오염 등의 대립과 갈등으로 산적한 현안을 눈앞에 두고 있습니다. 그중에서도 가장 중요한 건 바로 먹거리라고 생각합니다. 이는 다른 어떤 문제보다도 인류의 생존에 직결되는 일이기 때문입니다."

"……."

"지금 이 순간에도 부국의 식탁에서는 산더미 같은 고기와
빵이 버려지고 있지만 그 반대편의 빈국에서는 인간의 존엄을
해치는 더러운 식재료와 버려진 음식물로 연명해 가는 사람
들이 있습니다. 부국의 식탐은 욕심을 넘어 사치에 이르렀으
니 비만과 성인병이 전염병처럼 만연함에도 식탁의 패러다임
을 바꾸지 못하고 중독되어 가는 현실입니다. 반면 빈국들은
들판의 풀뿌리와 흙으로 끼니를 때우기도 하니 두 부조화는
같은 지구에 사는 인류의 비극이 아닐 수 없습니다."

"……."

"이는 우리 인류의 최우선 과제이기에 저는, 이분에게 우리
인류의 먹거리에 새로운 패러다임 제시와 요리의 가치 정립에
대한 고견을 듣고자 초청하게 되었습니다."

"……."

"사치스러운 식재료가 아니라 자연의 일부로 최상의 맛을
창조하는 지구촌 최고의 셰프, 코리아의 민규 리 셰프를 소개
합니다."

유엔사무총장이 입구를 가리켰다. 거기 민규가 들어섰다.
단아한 숙수 복장이었다. 그대로 걸어 나와 단상에 선 민규,
세계의 지도자들을 향해 정중한 인사를 올렸다.

짝짝짝짝짝!

기립 박수가 쏟아졌다. 미국 대통령이 먼저였고 한국의 주용길 대통령이 뒤를 이었다. 중국 주석과 러시아 대통령도 박수를 아끼지 않았다. 심지어는 일본 수상도 그랬다.

짝짝짝!

참관석의 취재진들과 일반인들도 한마음으로 박수를 쳤다. 특별히 루이스 번하드와 샤킬 피펜, 램지와 클랜튼 등의 박수 소리가 청명하게 들렸다.

"존경하는 세계의 지도자 여러분."

단상의 민규 목소리가 총회의장에 울려 퍼졌다. 정갈한 궁중요리만큼이나 청아하고 맛깔스러운 목소리였다.

『밥도둑 약선요리王』19권에 계속…